わたし以外とのラブコメは許さないんだからね

6

羽場楽人
ill.イコモチ

CONTENTS

著／羽場楽人　イラスト／イコモチ　デザイン／たにごめかぶと（ムシカゴグラフィクス）

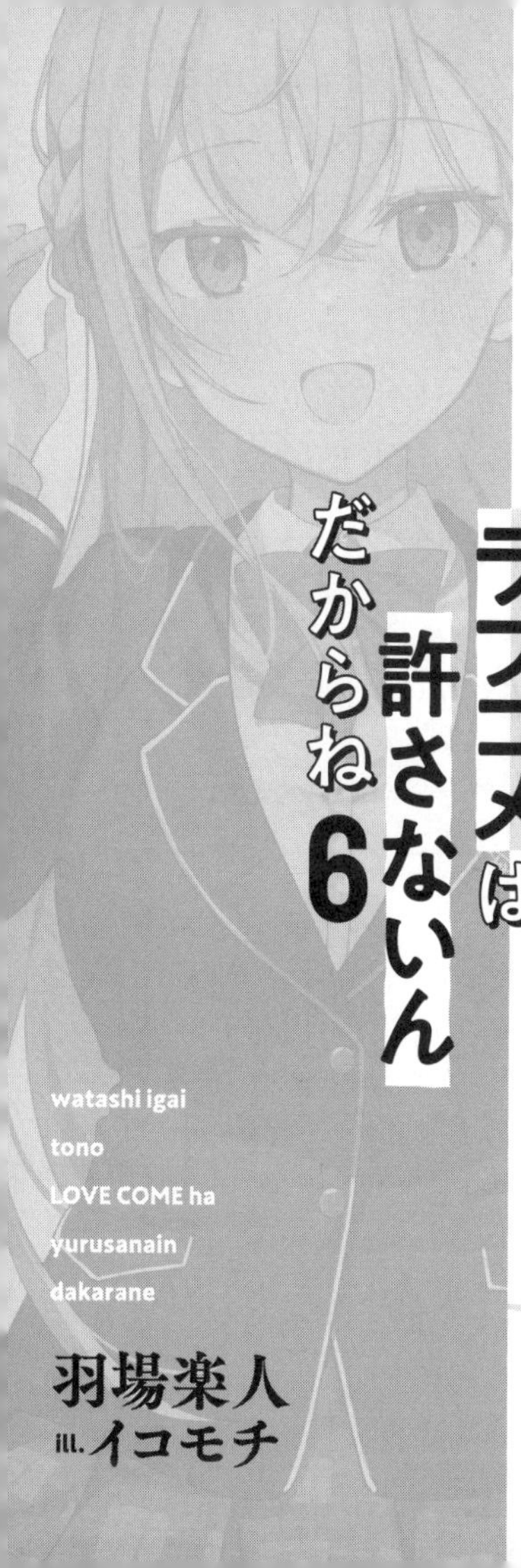

わたし以外とのラブコメは許さないんだからね 6

watashi igai
tono
LOVE COME ha
yurusanain
dakarane

羽場楽人
ill. イコモチ

プロローグ

今年もまた文化祭がやってきた。

もう何年も見守ってきたが、この季節になると自然と思い出される出来事がある。

教師生活において、あれほど印象深いトラブルは他になかった。

逆境は成長の機会。

子どもと思っていた生徒が、教師の想定を超えていくことは珍しくない。

彼ら彼女らは時に大人の心配など無用とばかりに、あっという間に成長していく。

早朝の校内を歩きながら、神崎紫鶴は思わず感慨に耽ってしまう。

いつもは部活動の朝練に参加する生徒しかいない校舎も、文化祭当日ともなれば朝から賑やかである。どの教室も最後の準備に勤しんでいた。

「神崎先生、おはようございます！」

「おはようございます。廊下は走らないように」

廊下ですれ違う生徒と朝の挨拶を交わす。その浮かれている様は微笑ましい。どうか今年も事故や怪我がなく、楽しい文化祭になるようにと祈るばかりだ。

そうして紫鶴（しづる）が訪（おとず）れたのは、文化祭実行委員会の本部。

「やはりここにいましたか」

探していた生徒ひとりは、部屋のカーテンを閉め切った暗い室内でプロジェクターから映し出された過去の文化祭の記録映像を観（み）ていた。

「生徒会長、ちょっといいですか？」

その生徒は食い入るように映像を見つめ、担任でもある紫鶴（しづる）の来訪に気づいていない。

「メインステージの例の件で、確認（かくにん）したいことがあるのですが」

「紫鶴（しづる）ちゃん、今いいところだからちょっと待って！」

永聖（えいせい）高等学校の生徒会長は砕けた調子で話しかけながらも、視線は正面の映像に釘（くぎ）づけだ。

いつものように無視して話を進めようとしたが、映像はクライマックスに差しかかる。

『ヨルカ！　大好きだ！　愛している！　俺と結婚（けっこん）してくれ――――ッ!!』

懐（なつ）かしい。紫鶴（しづる）にとっても忘れられない場面がまさにこれだ。

体育館に詰（つ）めかけた生徒達の前で、恋人（こいびと）にプロポーズをした男子生徒。

恋人（こいびと）である少女は顔を真っ赤にしながらも、胸元（むなもと）に手で小さな○をつくる。

あまりにも眩（まぶ）しい青春の記録だった。

たとえ年月が流れても、その輝きが色褪せることはない。

あの瞬間に立ち会った者達にとってはなおのこと鮮烈な印象を焼きつけた。

「瀬名さん、また観ているんですか？」

口馴染みのある名前で呼びかける。

「紫鶴ちゃん、せっかく感動の余韻に浸っているんだから邪魔しないでよ」

生徒会長は不満げに、ようやくこちらの顔を見た。

「学校では神崎先生と呼びなさいと言っているでしょう」

紫鶴は注意をしつつ、部屋のカーテンを開けていく。朝の光が部屋に差しこむ。

「今はふたりだけだから許して。それに紫鶴ちゃんは紫鶴ちゃんじゃない」

その無邪気な態度ははじめて出会った時から変わらない。

「――お兄さんの映像を何度も見るなんて、相変わらず好きですね」

「これを観ると、がんばろうって気分が上がるんだもの」

「瀬名さんのお兄さんが卒業して、もう六年ですか。時が経つのは早いですね。映さん」

彼女の名前は、瀬名映。

かつての教え子・瀬名希墨の妹で、永聖高等学校史上二人目となる一年生で生徒会長になった逸材である。

成績優秀、スポーツ万能、物怖じしない明るい性格でコミュニケーション能力に長けた学校の人気者。

出会った頃の映はまだ小学四年生だった。もともと愛くるしい顔立ちに大人びた容姿をしていた彼女も今や高校二年生。美少女はさらに美しさと賢さに磨きをかけて成長していた。

新入生総代を務めた彼女は、入学前から生徒会長になることを希望していた。

一年生ながら生徒会長選に立候補すると、圧倒的な得票数で当選。

以降、彼女は伝説の生徒会長・有坂アリアを彷彿とさせるように、次々に新しい改革を打ち出して学校を盛り立てていった。

人気と実績により、高校二年生でも生徒会長に再選。

その二年間の集大成とも言うべきものが、文化祭のメインステージだった。

「今日はきすみくん達も来るから、紫鶴ちゃんも楽しみにしててね」

「……初耳なんですが」

紫鶴が部屋のカーテンをすべて開け終わったタイミングで、告げられた。

「サプライズってやつだよ。妹の晴れ舞台だから、ひなかちゃんとかみんな呼んでくれたんだ。私も会うのは久しぶりだからドキドキする」

予想通りの紫鶴の反応に、映は満面の笑みを浮かべた。

「そういう態度、ますますアリアの影響を感じるのですが」

ちょっとした恐怖にも似た苦笑がこぼれてしまう。

「映の師匠だもの。当然だよ。それに今回のフィナーレ企画〝花道で愛を叫べ〟だってアリアお姉ちゃんに任されたみたいなものだからね」

誇らしげに胸を張る。

「あまり悪い影響は受けすぎないでください。苦労するのは私なんですから」

紫鶴は教え子に釘を刺す。

「生徒の自主性や創造性に制限をかけちゃいけないってば。誰も挑戦しなくなっちゃうよ」

映はしたり顔で言い返す。

「そういう否定しづらい屁理屈と笑顔で押し切るところがアリアそっくり」

「まぁまぁ長い付き合いなんだから大目に見てよ。お願い紫鶴ちゃん」

映は、無邪気な笑顔でピースサインを送る。

「それで神崎先生、確認したいことってなんですか？」

かと思えば表情と態度を切り替え、真面目な生徒会長になる。

この子は天性の人たらしだと思う。

そういう硬軟自在の振れ幅の広さこそ、色んなタイプの人と仲良くなれる理由なのだろう。

その点は、兄妹そっくりである。

瀬名映発案のメインステージの目玉企画について簡単な打ち合わせを終えた頃、文化祭実行委員の生徒達が登校してきた。

「では、私はこれで。成功を祈っています」

「指導してくれた神崎先生が優秀だから大丈夫！」

「……、そういう言い方はお兄さんそっくりですよ」

「お手本が多いので。紫鶴ちゃん含めてね」

かわいらしいウインクを紫鶴に飛ばして、映は「おはよう」とやってきた生徒達を出迎えた。

人気者の生徒会長は、すぐに他の生徒達に囲まれる。

廊下に出ると、校内の活気は一気に増していた。

「彼はどんな反応をするんでしょうね」

紫鶴はクスリと笑みを浮かべた。

第一話　非ラブコメ三原則

「希墨、見て！　イルミネーションが綺麗！」

俺の両想いの恋人である有坂ヨルカは、いつになくはしゃいでいた。

今日は十二月二十四日、クリスマス・イブ。

俺とヨルカは遊園地デートに来ていた。

学校の授業を終えると制服のまま電車に乗りこみ、園内全域にイルミネーションが施されているると話題の遊園地をデート場所に選んだ。

夕闇の敷地内に一歩入ると、そこはさながら光の庭。

極彩色の光に彩られた眩い景色が広がっている。

「ここを選んで正解だった」

俺もヨルカと同じ気持ちだった。

想像以上のイルミネーションの美しさに、クリスマスを恋人と過ごすにはピッタリの場所だと確信する。

アトラクションや建物の外壁はもちろん植栽や売店、柵やベンチに到るまで園内あますところなくイルミネーションで装飾されている。

特に見物なのは、園内各所に特設されたクリスマスツリー。

大小様々な種類のツリーはそれぞれデザインが異なる。園内を歩いているだけで色んなクリスマスツリーが楽しめることから、この冬の人気デートスポットとして注目を集めていた。

寒空の園内には、俺達と同じようにカップルや家族連れが多い。

人ごみを苦手とするヨルカも圧巻の煌びやかなイルミネーションや華やかなクリスマスの雰囲気でテンションが上がって楽しそうだ。

「ねぇ、早く行こう。アトラクションもいっぱい乗りたい」

待ち切れないとばかりにヨルカが俺の手を引く。

「焦らなくても遊園地は逃げないから」

「けど、列には並ぶでしょう？」

「それが遊園地の宿命だからな。特に冬場は忍耐力を試される」

「あ、予備のカイロ持ってきたよ。希墨にもあげるね」

ヨルカはカバンから取り出したカイロを俺に手渡す。

「準備万端だな。そんなに楽しみだったのか」

「だって希墨と一緒に過ごすはじめてのクリスマスだよ！」

「……恋人になったのが四月だから、ずいぶんと時間が経ったもんだな」

「いろいろありすぎて、あっという間に冬になっちゃったよね」

ヨルカは制服の上に冬物のコート、マフラー、手袋と防寒対策は万全。

寒い季節は着ぶくれてしまいがちだが、それでも俺の恋人の美しさは隠し切れない。

艶やかな長い髪。流れるような綺麗な形の眉、大きな目は長く濃いまつ毛で縁どられ、整った鼻梁、薄桃色の唇。それらを収めた小さな顔は芸術的なまでに整っていた。白い肌は雪のように内側から光って見える。スカートの下から伸びる長い脚には思わず目がいってしまう。

「けど、楽しいことばかりだ」

有坂ヨルカと付き合ってから退屈とは無縁になった。

どれだけ一緒にいても飽きないのは、俺がヨルカに心底惚れているからだろう。

彼女と話しているだけで、何気ない日常さえも華やかに彩られる。

きっと、こういうことを幸せと呼ぶのだろう。

「ふふ、イブをもっと楽しみましょう！　まずはジェットコースターに行くよ！」

光の宝石を敷き詰めた眩い園内は夜を煌びやかに彩る。

だけど、どんなイルミネーションよりも彼女の笑顔が輝いていた。


「面白かった。叫びすぎて喉痛い」

「ヨルカがこんなに絶叫マシン好きとは意外だった」

「解放感が気分いいじゃない。あれが結構クセになるの」

「たまに来ると楽しいもんだよな」

「でしょう」

寒空の下、ヨルカは遊園地デートを満喫していた。

ジェットコースターは、猛スピードで光り輝く園内を駆け抜ける。昼間は視界が開けていて爽快感があるが、夜の乗り心地はまた一味違う。無数とも思える光が一瞬にして通り過ぎていく感覚はまるでＳＦ映画で宇宙船がワープするシーンを思い起こさせる。高い場所まで上ったと思ったら、一気に急降下。上下左右に揺さぶられながら、となりでキャーキャーとはしゃぐ声を聞いているうちに一周が終わってしまった。

「じゃあ、もう一回！　ねぇ乗ろうよ」

「耳がちぎれそうなくらい寒いんだが」

冬の冷たい空気を切り裂くようなハイスピードに晒されて、冷えた耳が痛い。

「さっき渡したカイロで温めれば大丈夫だよ。はい、わたしのも貸してあげるから、両耳ともバッチリでしょう？」

ヨルカは、新しい場所へデートに行く時はいつも楽しげだが、今日は特に上機嫌だ。

「だいぶ間抜けな格好じゃないか？」

二周目のジェットコースターに乗るため、ふたりで列に並びながら俺はカイロを両耳に当ててみた。あ、温かい。

「恥ずかしいの？　じゃあ、わたしが温めてあげるよ」

ヨルカは自分の手袋を外して、俺の両耳に手を添える。彼女の細い手は温かかった。

「どう？」

「温かい、けど……」

「けど？」

「イチャついているみたいじゃないか？」

ふたりきりの時ならいざ知らず、周りには他の人もいるのに大胆なものだ。

このまま手を添えた顔を引き寄せて、キスでもしそうな感じに周りから見られているのではないだろうか。

「希墨、照れてる」とヨルカは案外余裕そうだった。

美しい顔が近ければ、そりゃ照れるに決まっている。見慣れたつもりでも間近にあれば見惚れるのは仕方ない。

俺の恋人はすごくかわいいのだ。

「ほら、列が動くぞ。もう手を離せって」

「耳は温まった？」

「まぁまぁ」

「遠慮しなくても、もっと温めてあげるよ」

ヨルカはそう言って、俺に身体をピッタリ寄せてくる。

恋人が心底楽しそうで、俺も幸せだ。耳の冷たさくらいどうってことない。

その後もヨルカの希望で激しい系を中心としたアトラクションを乗り継ぐ。

メリーゴーランドに休憩がてら乗ると、今度はフリーフォール。園内を一望できる最高地点から落とされる浮遊感と恐怖感には声も出ない。あの落ちた瞬間の、座席からお尻が浮く感覚が最高に恐い。

俺達はアトラクションに乗りつつ、移動しながら園内のイルミネーションを楽しんだ。

違うエリアに移動し、新しいイルミネーションの前で記念撮影。

誰もがこの光のアートにスマホやカメラを構えているので、撮影をお願いする相手には困らない。こちらのツーショット写真を撮ってもらったら、同じように俺も相手の写真を撮る。

今日だけでたくさんの写真が増えた。

あれだけカメラを嫌がっていたヨルカも今は昔。

いつも周囲に対して明確な一線を引いていた俺の恋人はずいぶんとオープンになった。

今では普段の教室でも、俺や瀬名会の友人以外のクラスメイトともふつうに話すようになった。

「希墨? どうしたの、ぼうっとして」

クリスマスツリーの写真を自分のスマホでも撮っていたヨルカは、俺を不思議そうに見る。

「ヨルカは文化祭が終わってから、特に変わったなって」

「それは、希墨がプロポーズしてくれたおかげじゃない」

ヨルカは、思い出したように頰を緩ませる。

それはもうゆるゆるに緩み切っていた。

秋の文化祭で俺とヨルカは、リンクスというバンドのメンバーとしてステージに立った。

本番までの忙しい日々でふたりだけの時間がろくに作れなかった上に、前日に俺が過労で倒れるというアクシデントにも見舞われた。病室で俺が目を覚ました時には本番までギリギリの時間。そうしたいくつもの困難を乗り越えて演奏を見事に成功させた俺は、ヨルカへの感謝と愛情が感極まって、大勢の観客の前でプロポーズをしていた。

男・瀬名希墨、渾身の叫びにヨルカは恥ずかしそうに○をくれた。

あれから、ヨルカはみんなの前でも平気でデレるようになった。

公開プロポーズにより俺とヨルカが両想いの恋人であるのは、クラスどころか学校中にまで知れ渡っている。

もはや揺るぎない周知の事実である以上、隠す必要もないと彼女は開き直った。

本人曰く、我慢しなくていいと案外楽しそうにやっている。

今までのように羞恥に満ちた過敏な反応や照れ隠しの行動が減り、美術準備室以外でも俺の側に寄ってくるようになった。

──愛の力は人間を成長させる。

ヨルカが幸せなら、俺にとっても万々歳だ。

◇◇◇

俺達は長めの休憩も兼ねて、観覧車に乗った。

ゆっくりと高さを増していくゴンドラの中は動く密室だ。

ふたりきりの空間で、窓の外には輝くイルミネーション。

なんとロマンチックなシチュエーションだろう。

「こういうの、いいね。素敵」

対面の席に座るヨルカも同じように感じていた。

「クリスマス・イブ当日に、カップルでわざわざ人の多いド定番のデートスポットに行くのも悪くないな。これぞイベントの醍醐味」

「人気があるのにはそれなりに理由があるってことでしょう」

「その上、ここなら人ごみも関係ないしな」

観覧車のゆっくりとした回転に身を委ね、地上の混雑とはしばしおさらばだ。

今ここはふたりだけの世界である。

「うん。賑やかなのもたまにはいいけど、わたしはやっぱりふたりきりが一番好き」

ヨルカは窓の外の上昇していく景色から、視線を切ってこちらを見てきた。

「ねぇ、そっちに行っていい？」

「もちろん。俺の横はいつでもヨルカのために空けてある」

「自分だけの特等席があるって最高」

ヨルカはすぐに俺のとなりに収まる。ピッタリと密着されて、俺も非常に落ち着く。もはやこれが馴染みすぎて、付き合う前には二度と戻れない。

「寒いだろうから上着をつかえよ」

俺は自分のコートを脱いで、ヨルカの膝の上にかける。

いくらニーソックスを履いているとはいえ、スカートでは脚が冷えるだろう。

「しかも彼氏がとっても紳士」

「文化祭でもジャージ貸しただろう」

「いつだって好きな人がやさしくしてくれるのが、女子としてはポイントが高いの」

「迷惑でないなら、なにより」

「希墨も寒くならないように、わたしが温めてあげるね」

ヨルカは腕を回して、俺をぎゅーっと抱きしめてくる。

ここでは誰も見ていないから遠慮する必要もない。今日は美術準備室にも寄らずに下校したから本日初のハグ。

好きな人を抱きしめると「幸せホルモン」であるオキシトシンが分泌されるそうだ。

その効果をさらに高めようと、俺も抱きしめることでさらに密着感を高めた。

ヨルカの顔が間近にある。

薄暗いゴンドラの中で、ヨルカの大きな瞳が美しく輝く。

その光に魅せられるように、俺はゆっくりと顔を近づける。

言葉は不要で、ヨルカもそっと目を閉じた。

もう何度も重ねた唇が愛おしい。

やさしいキスの感触。

いつの間にか俺の上着がヨルカの膝から落ちるのも構わず、キスを続ける。

片方の手で彼女の肩をしっかりと抱き、もう一方の手で指を絡め合う。

俺達は、ずっと我慢していたことを解消するようにお互いの唇を求める。

「希墨、積極的すぎ」

「ヨルカだって」

長い時間キスをしていた。

俺の恋人は頬を上気させて、とろんとした目をしていた。

キスする前より艶めいた唇は小さく開閉する。

それは酸素を求めているのか、それともキスの続きをおねだりしているのか。

「だって、なんか最初の頃よりキスが巧くなっているから……」

ヨルカはそんな男冥利に尽きる申告をしてきた。

「いっぱいキスしたからな」

「ハマっちゃったの？」

「あぁ。病みつきだ」

「それは大変ね」

「他人事みたいに言って。ヨルカの方もだろう」

「わたしは、別に」

「そんな幸せそうな顔をしているのに、説得力ないぞ」とヨルカの頬に手を添える。

「仕方ないでしょう。生理的な反応なんだから！」

ヨルカは目を閉じ、犬が親愛を示すように、俺の手に頬ずりをしてきた。

「顎でもくすぐって、頭を撫でればいいか？」

「恋人を犬みたいに扱わないでよ」

そう言いながらもヨルカは離れない。

すっかり甘えたいモードだ。

ここまで全幅の信頼と愛情を向けられると、俺の中で抑えていた獣の部分も疼いてしまう。

自分の興奮を冷静に自覚してしまい、段々と焦ってくる。ヤバイ。

ヨルカはとにかくカワイイし、いい匂いがする。

コート越しでもわかるくらい密着している身体の線の細さややわらかさは刺激的。

しかも普段はクールな美人がこんな無防備な顔で求めてくるのだ。

落ち着け、瀬名希墨。

いくらふたりきりでも、ここは観覧車の中だ。

これより先の展開はデンジャラスすぎるッ！

そう葛藤している間に、ヨルカが俺の手から顔を離した。

「希墨も文化祭が終わって少し変わったよね？」

「俺？　どこが？」

なにか見抜かれたのかと一瞬ドキっとしつつ、鋼の精神で平静を保つ。

「落ち着きが出たよ」

「特に実感はないけど」

まぁ、いざという時に以前よりボロが出なくなったのは確かだろう。

「ほんとに？　最近なにか変わったことは？」

ヨルカは、つんつんと俺の頰を指でつつく。

「そうだな……、期末テストの順位はかなりアップしたぞ」

直近の変化として思い至るのは、二学期の期末テストが以前よりずいぶんと点数がよかった。

文化祭でのライブの成功体験の影響か、不思議と日々の生活でのヤル気も増してテスト勉強にも身が入った。その成果はきちんと点数となって現れた。

「それはおめでとう」

「不動の学年一位に祝福されるほどじゃないさ」

かたやヨルカは安定の首位キープ。ちなみに二位が朝姫さん、三位が花菱と成績上位陣には特に変動なし。みんな頭よすぎ。

「テスト以外で、もっと他に露骨に変わったところあるでしょう」

どうやらヨルカの想定している答えではないらしい。

「さっぱり心当たりがないんだが」

ヨルカは物言いたげにこちらを見てくるが、なにも思い当たらない。

「しらばっくれるの？」

「マジでわからない」

「やましいこと、隠していない？」

「俺がヨルカに嘘をついてなんの得があるんだよ？」

自慢じゃないが、俺の恋人への一途ぶりは学校ナンバーワンだと自負している。

もしも公然と学校一の美少女に愛を誓った男が不貞行為を働いたら、全校生徒から糾弾されて、学校での居場所がなくなるだろう。

間違いなく俺の高校生活は終わる。

そんなリスキー極まりない愚行をするわけがないし、なによりヨルカを傷つけるような真似はしたくない。

「だって、心配なんだもの」

「ヨルカ。なにか気になることでもあるのか？　あるなら聞かせてくれ」

俺の知らないところで恋人がストレスを抱えているなら、それは由々しき事態だ。

その不安を少しでも軽くしてあげたい。俺は真剣な顔で問う。

「……最近、希墨がさらにモテているんだもの」

ヨルカが打ち明けたのは、まったく身に覚えのない指摘だった。

「どこが？」

頭に無限のクエスチョンマークが浮かぶ。

しかも、さらにってなんだ？

「この前も廊下で、わたしの知らない大勢の女の子に声をかけられていたじゃない！」

「大勢って……、あーもしかしてアイドル研究会の子達のことか」

「やけに盛り上がっていたけど、なんの話をしてたの？」

「文化祭のステージで披露したビヨンド・ジ・アイドルの『七色クライマックス』のおかげでメンバーが増えた報告と、その動画をアップしたので見てくださいって宣伝されただけだ。で、最後にはお決まりの公開プロポーズの話題となり、有坂先輩とお幸せにと応援された」

ただの雑談だ。

断じてモテているなどという浮かれた状況ではない。

俺としては関わった子達が、単純に成果を出せたのは喜ばしいことだ。

「それなら、いいんだけどさ」

ヨルカは微妙にモヤモヤしている様子だ。

「廊下で声をかけられるなんて、文化祭以降はよくあることじゃないか」

俺は有坂ヨルカにプロポーズした男として学内で有名人になってしまい、プロポーズ先輩と応援半分冷やかし半分に声をかけられる機会が増えた。

「けど、わたしの知らない女の子と希墨が仲良くしているのは気になる……」

「浮気をしたわけじゃあるまいし」

「そんなのは当たり前でしょう」

笑顔で、語尾にはハートマークがついていそうな甘くやさしい言い方。

なのだが、目の奥が笑っていない。

「そういう早とちりは、ラブコメ漫画みたいなラッキースケベが起こった時だけにしてくれ」

俺はヨルカの杞憂をなだめる。

「は？　この期に及んでラブコメみたいな状況に巻きこまれること自体、希墨の気が緩んでいる証拠。そういう状況からは徹底的に距離を置く！　起こさず、近づかず、起こさせず——の非ラブコメ三原則を徹底すること。わかった？」

「そんな三原則があるなんて初耳だぞ⁉」

「あるの！　文句ある？」

「ございません」

ヨルカは俺の表情に偽りがないことを認めつつも、最後に念を押す。

「わたし以外とのラブコメは許さないんだからね！」

そう高らかに宣言するヨルカは、ほんとうに楽しそうだ。

好きで好きでたまらないという気持ちが彼女の全身から溢れていた。

愛ゆえの嫉妬も悪くない。

大好きになった人と付き合えて、ずっと仲良し。

こんなに幸せなことはない。

お互いを想い合い、一緒にいられる日々に胸は満たされる。

クリスマスだから特別なのではない。

年を越しても、高校を卒業しても、大人になってもこんな毎日がずっと続けばいいと願う。

「じゃあ恋人との、さらなるラブコメ展開への期待をこめていいものをあげよう」

俺は落ちていたコートをヨルカの膝にかけ直し、さり気なく自分のカバンからある物を取り出す。

「はい、どうぞ」

俺は小箱をヨルカに手渡す。

「これってもしかして」

刻印されたブランド名と箱の大きさから、ヨルカは中身を察したようだ。

「もしかしなくてもクリスマスプレゼント」

「ありがとう！　開けてみていい？」

「どうぞ」

俺は若干緊張しながら、ヨルカの開封作業を見つめる。

包装を解き、小箱の蓋をとる。その中に入っていた指輪ケースをおもむろに開けた。

「これ、わたしが気になっていた指輪！」

「よかったら俺がつけようか？」

「お願い！」

俺は指輪を慎重にヨルカの右手の薬指に通す。

シンプルだが王道のデザインはヨルカの白く細い指によく似合っていた。

「わぁ、指にピッタリ！　いつの間にわたしのサイズを調べたの？」

感動するヨルカは、うっとりした視線で指輪を見つめる。

「前にデートした時にアクセサリーショップで試しに指輪をつけていただろう？　後でトイレ行くふりしてお店に戻って、接客してくれた店員さんからサイズを聞いたんだ」

「希墨、ありがとう。すごく素敵。大切にするね！」

「喜んでくれて俺も嬉しいよ」

今日一番の大仕事を終えて、俺も胸を撫で下ろす。

もしもサイズが間違っていたらどうしようとちょっとだけ心配だったので、俺も一安心だ。

「じゃあ、わたしもお返し」

同じようにヨルカもカバンからプレゼントを取り出す。

「気に入ってくれるといいんだけど」

「マフラーだ。ありがとう」

俺は早速首に巻いてみる。

シンプルなデザインのマフラーは落ち着いたボルドー色で大人っぽい印象をあたえる。

薄手ながら温かく触り心地もいい。どんなファッションにも合いそうなので、これなら冬場は毎日つかえる。

「希墨によく似合っている。よかった」

実際に身につけた俺の姿を確認して、ヨルカははしゃいでいた。

「大事につかうよ」

キスやプレゼント交換をしているうちに、観覧車はいつの間にか頂点をとっくに過ぎていた。

ヨルカは俺の腕を抱きしめながら、ずっと自分の指輪を見つめる。

俺は首元のマフラーととなりにいるヨルカの温もりで、すごく穏やかで満たされた気持ちになっていた。

これからも俺は両想いの恋人を愛し続けるのは言うまでもない。

「ねぇ、希墨。来年も、この先もずっと一緒にいようね」

「もちろん」

きっと俺達の関係が揺らぐようなことはないだろう。

観覧車のゴンドラはそろそろ地上へ戻っていく。

ふたりきりの甘い時間はおしまいだ。

「あーこうしてクリスマス・イブを一緒に過ごせてよかった。やっぱりアメリカ行きなんて絶対に嫌だなぁ」

「ん？　アメリカ？　なんの話」

ヨルカの口から不穏な言葉がこぼれた。

「あれ、言ってなかったっけ。パパからアメリカに引っ越そうって提案をされて──」

「はぁぁぁぁぁぁぁぁぁぁぁぁぁぁぁぁ──────？」

ヨルカの言葉を遮るように絶叫してしまう。

そのあまりの動揺に、観覧車のゴンドラが落ちそうなくらい激しく揺れた。

俺にとっては天変地異に等しい知らせ。

穏やかに満たされていたはずの心は、激しくかき乱された。

第二話　サンタ・ヘヴン

「早とちりしないで。アメリカ行きなんて拒否するに決まっているでしょう」

ヨルカは当然とばかりに答えた。

あまりにも寝耳に水なことを聞かされて恐慌状態に陥ってしまった俺。

観覧車から下りると、遊びどころではないと園内にあるレストランに連れていく。

暖房で温かい室内、軽食と飲み物を買ってテーブルに就いて、詳しく話を聞いた。

「アメリカで一緒に暮らさないかってパパから提案されているの。わたしはもちろん断ったし、このまま日本に残るに決まっているでしょう」

「聖夜に息の根が止まるかと思った」

「希墨が最後までわたしの話を聞かないから」

「あんな心臓に悪い単語が飛び出せば、勘違いもするって……」

巨人の手で握りつぶされたくらい内臓がぎゅっと縮こまったのがわかった。

「そんなに慌てるくらい好きってことがわかって安心したわ」

「好きじゃ足りない。大好きだからこそ、即死級の衝撃を受けるんだよ」

俺は動揺の余波がまだ消えず、顔をしかめてしまう。

反対にヨルカは嬉しそうだった。

「拗ねないで。あんなにパニくった希墨って、なんか新鮮で面白かったよ」

「アメリカに引っ越すって、有坂家ならリアリティーのある話だろう」

ヨルカのご両親はアメリカを拠点に働いており、文化祭が終わった頃に帰国されていることまでは聞いていた。日本でのお仕事で、来年三月までは日本にいるそうだ。

「わたしと希墨を引き裂こうなんて提案、絶対に認めるわけないでしょう」

ヨルカは一考の余地なしとバッサリと切り捨てる。

あぁ、俺の恋人が頼もしくて惚れ直す。好き。

「だいたい将来のためとか、人生経験とか、もっともらしいことを言うけど、今またアメリカで一緒に暮らそうなんて急すぎるわよ」

「どういう経緯はわからないが、よく提案を却下できたな」

子どもには理不尽に聞こえるかもしれないが、海外生活を経験させることで将来のプラスにしてほしいという親心も想像はつく。

子どもの一存だけで取り下げられるほど軽い提案でもないだろう。

「そこはまだ終わってないわ」

ヨルカの断定調の口振りに油断していた俺は、一瞬にして凍りつく。

「今なんと？」

「だから、まだ結論は出ていないの。わたしの気持ちが変わるわけないのに、今回はパパが珍しく粘ってて」

「ちょ、ちょっと待て！　じゃあアメリカ行きの可能性はまだ……」

「ないわよ！　わたしの中ではね」

ぼそりと最後に大事なことを付け加える。

それはあくまでも娘側のヨルカの意見であって、お父さん側が納得したわけではないようだ。

つまり、事態は今も平行線。

「おかげで、パパと人生ではじめての親子喧嘩中よ」

「大事じゃねえか！」

「関係ないわ。もし強引に話を進める気なら、家族の縁を切るって突き放したもの」

親が子を想う心情があるように、子どもにも真剣に反対するだけの理由がある。

「思い切ったことを言うなぁ」

絶対に嫌だ、という気持ちはもちろんわかるし、俺もそうでなければ困ってしまう。

とはいえ、家族の縁を切る、という発言はそれなりに重い。

人生初の親子喧嘩で飛び出す台詞としてはかなり強烈だ。

「わたしがいくら気持ちを伝えても、パパって冷静だから暖簾に腕押しって感じで埒が明かないんだもの。だから多少過激と思われようが、強く言うしかないの」

ヨルカの焦りは十分に感じ取れた。

彼女なりにがんばっているようだが、親子の対話はどうにも上手くいっていないようだ。

「ヨルカのお母さんは、どういう反応なんだ？」

両親ふたりから反対されれば、ヨルカの劣勢を覆すのはかなり難しいだろう。

俺は、もうひとりの親であるヨルカのお母さんの考えも気になった。

「ママはわたしの気持ちをわかってくれているけど、最後に決めるのはパパだから」

ヨルカは歯がゆそうに漏らす。

有坂家では、お父さんが最終決定権を持つようだ。

「どうやってお父さんを納得させようとしたんだ？」

「わたしの気持ちを包み隠さず伝えたわ。もちろん希墨のことも」

「え。俺の話も出たの？」

「娘が将来を考えている相手なんだから、むしろ先に知っておいてもらいたいくらいよ」

「具体的に、なにをお伝えしたの？」

「入学してからの希墨との馴れ初めでしょう。告白してもらって恋人になってからデートではどこへ行ったとか、ほぼぜんぶ」

「ぜんぶっ⁉」

「だってママがすごく訊いてくるんだもの。ちょっとした取り調べよ」

「じゃあ文化祭のプロポーズも？」

「動画でバッチリ見せました」

恥ずかしいッ⁉

恋人の両親に自分のプロポーズを見られているのか。

俺の気持ちは本気だけど、客観的に見れば文化祭のステージで感極まった高校生が告白しているだけの動画だ。

瀬名会の連中はもちろん、会場に居合わせた観客はその前にライブでテンションも爆上がりしているから俺の熱も共有できている。

だが、映像だけを見せられて、果たして俺の真剣な気持ちが正しく伝わっているのか？

むしろ俺ってばちょっとイタい子って思われていない？

若気の至りと失笑されていないだろうか。

「それでその、ご両親の反応は……？」

「ママは大喜び、パパは無言って感じかな」

ですよねー。

娘がどこの馬の骨ともわからない男からプロポーズをされている動画を見せられて諸手を挙

げて祝福できるほど呑気な父親ではないだろう。

「お父さんに俺のことを伝えても逆効果だったりしないか？」

「わたしの、トドメの一言は確実に効いている」

ヨルカは不敵な笑みを浮かべた。

なにやら物騒な単語が出てきたぞ。

「トドメの一言って？」


「希墨と結婚して、わたしだけの家族をつくる。孫ができてもパパには絶対に会わせない」


ヨルカはさらりと言い放つ。

一切の迷いなき表情。その目は本気だった。

孫という未来の家族まで持ち出して、自分の意志を主張するヨルカ。

「熱烈な愛情表現だな。ありがとう」

「どういたしまして」

愛という名の力技で、強引にねじ伏せにかかったようだ。

俺を想って、親の前でも未来のことを話してくれたのは嬉しい。

「ただ、ヨルカのお父さんには強烈な脅し文句だ」

ヨルカ的に必死なのはもちろんわかる。

が、下手にお父さんの逆鱗に触れて、裏目に出ていなければ良いのだが。

「これは人生を左右する大事な選択なの。躊躇も遠慮もしている場合じゃないの！　大人の都合に流されたら負けよ！」

ヨルカはブレないし、譲らないし、根本的なところで絶対に揺らがない。

長い人生を歩むのに、これほど頼もしい相手はいないだろう。

「あぁ、わかっている」

それは俺もヨルカに対して同じだ。

「……希墨は気が早いと思う？　わたしの言うこと、子どもっぽいかな？」

ヨルカはふと不安そうに訊ねる。

どれだけ感情的になっても、ヨルカはきちんと理性的な一面を残している。

「まさか。遅かれ早かれ、結婚をご家族に認めてもらうことは変わらない」

俺は即答した。

大好きな恋人と結婚して家族になるという未来予想図は俺の中にもある。

むしろ、それ以外の未来なんて考えたくもなかった。

叶えたい未来が、今この瞬間と繋がっている。

その実感を確かめるように、ヨルカの手を握った。

「そ、そんなに潔く言ってくれるんだ。頼もしい」

俺の恋人はやたらと照れていた。

「はぁ、いい加減パパと話さないとなぁ」

「そんなにお父さんとは会話していない？」

「うん。一月以上」

長ッ⁉

「要するに結論は保留のまま、しかも今は絶交中と」

「こうなれば持久戦よ。パパが下手に出るまでわたしから話さない」

ヨルカは徹底抗戦の構えだ。

「家の中が気まずくない？　帰国しているんだし、お父さんもヨルカと喋りたいのでは？」

ご両親の人となりを知らないから、持久戦が正解なのか俺には判断がつかなかった。

「──むしろ今みたいに親といつでも会話できる方が、わたしには不自然なくらいよ」

ヨルカはさらりと言う。

彼女の表情から察するに今の生活スタイルに慣れきっており、親のいないさびしさもあまり感じていないという様子だ。

両親の万全のサポートにより有坂姉妹は都内の一等地に建つ高級マンションに住み、不自由ない生活をしていた。

生きていく上では過不足ない毎日を送っている。

「だからこそ帰ってきたと思ったら、いきなり希墨と遠距離恋愛させるような提案、許せるわけないのよ！」

ヨルカの怒りに共感しながらも、俺の方は冷静でいなければと意識する。

ここで怒っているだけでは状況は解決しない。

「ヨルカ。持久戦って言っているけど、どこかでもう一度しっかりと話さないとダメだぞ。時間切れになった時、最後は親の決定を押し切られたら元も子もない」

残念ながら、子どもが感じている自由とは親の庇護下にあってこそだ。

「わかっている……年末年始に家族で修善寺の温泉に行くから、その時に話してみる」

話したくない、という本音がにじみ出ていた。

ヨルカは一度決めたら、梃子でも動かぬ頑固なところがある。

加えて、慣れない親子喧嘩で落としどころを見失っているようにも見えた。

「いいじゃないか。正月から温泉で寛げるなんて贅沢だぜ」

俺は明るい声で、彼女が前向きになるように促す。

環境が違えば気分も変わる。話し合いもしやすくなるかもしれない。

「わたしは、お正月も希墨と一緒がよかった」

「それは、俺もそうだけど」

「ゴールデンウィークにも家族旅行したけど、やっぱり希墨のことばかり気になっちゃって」

「帰国したその日の放課後に登校してきたもんな。あれは嬉しかったよ」

「希墨と離れると落ち着かないんだもん。だからアメリカなんて連れていかれたらメンタルを絶対に病むと思う」

正直、俺もそんな気がしている。

恋人と離れるのが嫌なのはもちろん、単純にヨルカのことが心配だった。

わざわざ新天地で苦しい思いをするとわかっていて、笑顔で送り出せる自信はない。

「──俺はいつだってヨルカの味方だ。だから、なんの役に立てるかわからないけど」

この先を言うか言うまいか、俺はわずかに躊躇する。

「けど、なに？」

ヨルカは続きを求めた。

「必要であれば、俺も話し合いに参加させてくれ」

思い切って言ってみる。

差し出がましいことは百も承知だ。

家族の問題に、まだ部外者である俺が立ち入るのは失礼なのかもしれない。

恋人である俺が現れたところで、余計にこじれる可能性も十分ある。

だが、これは間違いなく俺とヨルカの問題でもある。

他人事ではいられない。

俺にもできることがあるはずだ。

家族相手だからこそヨルカが言いづらいことは代わりに言うし、感情的になって言いすぎるなら上手くフォローしてみせる。

「それって、希墨がパパとママに会ってくれるってこと？」

ヨルカは晴れやかな表情に変わり、慎重な態度で確認してくる。

「もちろん」

俺は橋渡し役だ。

喧嘩中の父と娘の架け橋にもなってみせよう。

この強みは、高校に入ってからの日々で知ることができた。

恋人のヨルカや瀬名会の友人達、神崎先生やアリアさん、多くの関わり合いの中で発揮され、いくつもの困難を乗り越えてきた。

それらの経験は、こういう自分の人生の重要局面のためなのだろう。

「嬉しい」

その短い言葉の中に、十分すぎるほどの喜びを感じられた。

「とはいえ、ご両親との初対面が親子喧嘩の最中ってかなりヘビーだな」

俺は正直に吐露する。

ただでさえ恋人の親に会うなど緊張するのに、まして喧嘩中など難易度が高い。

「大丈夫よ。希墨は自慢の恋人だもの」

ヨルカの太鼓判は、平凡な男である俺にとってなによりの自信になる。

「ご両親に気に入られるといいんだけどね」

「あのお姉ちゃんにだって好かれているんだから、希墨なら余裕よ」

「……、そういうものかな」

俺の反応の悪さに、ヨルカはわずかに表情を曇らせた。

「わたしだって希墨のご家族みたいなのが一番いいと思うわ。文化祭にも家族みんなで遊びに来て、息子を応援するような関係はとても憧れるもの」

「瀬名家をべた褒めだな」

「希墨のご両親にご挨拶して、すごくやさしかったから安心したもの。いつか自分が親になるなら、あんな風になりたい」

「そこまで言ってくれてありがとう」

まさかヨルカが瀬名家についてそんな好印象を抱いてくれているとは思わなかった。

自分にとっては当たり前の日常で、その特別さなど普段は意識することは少ない。

「だけど、うちは違うの。一年の大半は離れ離れで、お互いに干渉しないことで上手くやってきたから」

長い年月がそういう家族の距離感を作り上げた。それは覆しようがない、と。

ヨルカはどこかで諦めたような表情を浮かべた。

「自立した大人の関係だな」

「本気でそう思ってくれているなら、今さら一緒に暮らそうなんて言わないでしょう」

ヨルカはまた眉を逆立てる。

「……なぁ仮に恋人がいなかったとしたら、ヨルカはアメリカに行っているか？」

俺は試しに訊いている。

「その質問自体ナンセンスだし、なにより質問がおかしいから!!」

ヨルカは真顔で怒っていた。

「いや、俺が足枷になっていることだってあるかなって。一応の確認」

「希墨がそんな弱気でどうするのよ！　足枷どころか、わたしに自由な翼をくれた人なの！　希墨がいてくれたおかげで学校が楽しくなったし、友達もできた。クラスメイトの人ともふつうに話せるようになった。わたしは、生きるのが楽になれたのよ」

「ヨルカ……」

「希墨がいないなんて、わたしの人生ではもうありえないから！」

「ごめん。ヨルカの言う通りだ。ちょっと弱気が出た」

「いいよ。迷惑かけているのはこっちだから」

ヨルカはぎこちなく微笑む。

「ちなみに質問に答えるなら、素直にアメリカに行っていると思う」

「そうか」

やはりヨルカもそれくらいの冷静な判断力は持ち合わせていた。

そこをご両親から突かれている可能性は十分にありえる。

「だけど、日本を離れたくないのは恋人がいるからじゃないから」

「え？」

「希墨だから一緒にいたい。瀬名希墨っていう特別な人がわたしの恋人だから離れたくないの。他の人と付き合うなんて考えたこともないけど、わたしにとって希墨が最高の相手なのは自信をもって言えるわ。それだけは間違いないもの」

その言葉はどんなプレゼントよりも価値があった。

自分の人生で、そこまで別格と呼べる相手がどれほどいるだろうか。

他人からそんな風に思われるのが光栄なことだ。

そこに、ヨルカの愛情や覚悟が痛いほど伝わってきた。

「だから希墨は、わたしを信じて待っていて！　これは有坂家の問題だから。希墨には迷惑をかけたくないの」

家族の関係は人それぞれだ。価値観、距離感は家の数だけある。

それでも俺は大好きな人のために、できることをしたかった。

「わかった。ただ、なにかあれば必ず相談してくれ」

「うん。いつも心配してくれてありがとう」

アメリカ行きの話題はそこで切り上げた。他愛もないお喋りに興じながらココアを飲み終えて再び外に出る。

「まだ時間あるし、もう一回ジェットコースターに乗らない？」

「あぁ、せっかくのクリスマスだ。まだまだデートを満喫しよう！」

「うん！　それが一番！」

イルミネーションに輝く遊園地デートを、俺達は時間が許すギリギリまで楽しんだ。


充実感と名残惜しさ、心地よい疲労感に満たされながら帰路につく。

ヨルカを最寄り駅まで送り、ひとりになって今日のデートの余韻に浸る。

はじめてのクリスマス・デートは楽しかった。

だけど、観覧車を下りてからのヨルカとの会話がどうしても思い起こされる。

ヨルカがアメリカに行けば、遠距離恋愛になってしまう。

いくら通信技術が発達したとはいえ、気軽に会えないのはキツイ。

会いに行くには海を越えていかなければならないのだ。
そこにかかる費用は安くない。学生のアルバイトで渡航費を稼ぐにも限度がある。
物理的にも金銭的にも、今のように頻繁に会うのが難しくなる。
もしも遠距離恋愛になった時、俺達はこの両想いを保てるのか？
そんな疑問が頭をよぎる。
人生、なにが起こるかわからない。
その厳しい現実に直面した時、理想は脆くも崩れ去る。
君のいない世界を想像して、俺は怯えてしまう。
どれだけ愛し合っていても、様々な事情で別れる恋人達がいる。
愛情だけでは乗り越えられない問題もある。
——俺は、その現実と戦うためになにができるのか？
未来が不確かなことは誰にとっても平等だ。
ただ、子どもゆえの己の頼りなさが恨めしい。
俺は大人になって、大好きな人を守れるようになりたかった。

◇◇◇

「「「「「メリークリスマス！！！！！！」」」」」

クラッカーが一斉に弾けて、派手な音が俺の部屋に響く。

昨日のヨルカとのクリスマス・デートから一夜明けて、十二月二十五日。

今日は我が家で、瀬名会のクリスマス・パーティーを開いていた。

「ウェーイ！　メリクリ乾杯！　サンタとトナカイのパーティーだぜ！」

「最初からテンション高えよ、七村！　部屋がそこまで広くないんだから、あんまり動き回るなって。ぶつかったら危ないだろう」

飲み物の入った紙コップを高く掲げる七村が、みんなと乾杯して回る。

みんなで買い出しに出た際、食べ物と共にクリスマスの仮装衣装も買った。

俺は全身をすっぽりと覆うトナカイの着ぐるみを着こんでいた。

フリーサイズだから、俺には大きくてダボダボしている。フードにはちゃんと角の飾りがついており、地味にポケットまであるから便利だ。

七村はバスケ部で鍛えた筋肉質の長身ゆえにサイズが合わず角のカチューシャと赤鼻の飾りのみ。その似合わなさが余計に浮かれたパリピ感を強調する。

実際テンションも死ぬほど高い。

「有坂ちゃんとデートしたからってクリスマスが終わった気分か？　イブのデートを優先させてやった友情に感謝しつつ、今日もちゃんと楽しめよ」

「感謝しているし、楽しんでいるよ」

男のひとり部屋に七人も集まれば、みんなで肩を寄せ合うような状況になってしまう。

女子は床にクッションを置いて座り、俺はベッドに腰かけ、七村はデスクチェアに座る。

その真ん中のテーブルには、これまた所狭しと並んだパーティーメニュー。

骨付きフライドチキンやポテト、ピザにサラダ、各種オードブルの盛り合わせ、軽く摘まめるようなお菓子もたくさん用意した。

好きなものを自分の紙皿に取っていくスタイル。

だが、俺は目の前の食べ物より、やはり女子達の格好に目を奪われていた。

男子がトナカイなら、女子はサンタクロースだ。

彼女達が身につけているのはパーティー用ミニスカサンタのコスプレ衣装である。

「サンタなのに、こんなにセクシーでいいの⁉」

ヨルカは、しきりに胸元の開き具合や丈の短さを気にしていた。

艶のあるベロア生地の赤いワンピースタイプで、端を白く縁どられている。その上から肩に羽織るケープ、頭には白いボンボンのついた三角帽子を被る。

両脚を包む黒のニーソックスと相まって、セクシーとキュートが両立していた。

サンタクロースという記号を女性らしい装いに落とし込んだ衣装は、シンプルながら圧倒的な魅力に溢れている。

「なんか全体的に微妙に隠せてなくない？　落ち着かないんだけど」

ヨルカはソワソワしながら片手でスカートの裾を押さえつつ、ケープの下から飛び出す胸元に手を置く。

「それはあれですよ、ヨル先輩がナイスバディだから衣装に収まりきってないだけですよ！　キャーエッチ」

ストレートにコメントするのは俺の一年後輩である幸波紗夕。

同じサンタ衣装を着ているが、こちらは堂々としたものだ。

ショートヘアや本人の活発な雰囲気もあり、元気で明るいサンタさんといった感じ。

「水着も見ているんだし、今さら気にすることないでしょう」

支倉朝姫はクールなアドバイスを、ヨルカに送る。

彼女は俺と一緒にクラス委員をしており、その人望と振る舞いから学年の中心人物だ。

華やかさと落ち着きの両方を備える朝姫さんもまたサンタ衣装を照れることなく着こなす。

彼女は頼まれるまでもなくテーブルの料理を手際よく、お皿に取り分けていく。

女子力が高い振る舞いである。

「ヨルヨル。よく似合っているし、ここには友達しかいないから気にしたら負けだよ」

冗談っぽく語りかけるのは金髪のサンタクロースこと宮内ひなか。

この場で一番小柄であるみやちーは既製品ゆえに衣装のサイズ感がやや合っていない。そのオーバーサイズ感が絶妙なかわいらしさを醸し出す。

「それにスミスミもすごく喜んでいるみたいだし」

みやちーのキラーパス。俺のコメントが待たれる。

「もちろん、最高。こんなサンタが来てくれるなら一晩中起きていられると思う」

素敵すぎるサンタが我が家にやって来たッ！

サンタ天国よ、永遠なれ！

そんな心の叫びをオブラートに包んで言ったつもりだった。

俺としては素敵なサンタに一目会えて幸せだな、それくらい素晴らしいという純粋な賞賛のつもりだった。

だが、部屋の空気はなにやら固まっており、女性陣は頬を染めながら俯いていた。

……やらかしたか？

「瀬名、いきなり下ネタなんて飛ばすなぁ！　立てるのは頭の角だけにしておけよ」

大笑いする七村は長い腕を伸ばして、俺が着ているトナカイの着ぐるみのフードについている角を摑んで頭ごとを振り回してくる。

「俺が言いたいのは心からの賛辞だ。やましい気持ちはない！」

「ほんとうは有坂（ありさか）ちゃんに『プレゼントはわ・た・し』とか言ってもらいたいくせに」

「――、それは男のロマンだろう。誰（だれ）だってそうだ」

「開き直ったな、瀬名（せな）。おまえも男よの」

「なんだよ、悪いか」

「いいや。あとでいいものをくれてやろう。楽しみにしておけ」

七村（ななむら）がニヤリと不敵な笑（え）みを浮（う）かべる。

「男子ってコスプレ好きよね。文化祭の企画（きかく）会議でも、そこのふたりはバニーガールでやたらと盛り上がっていたし」

くそ、否定できない。

朝姫（あさき）さんの冷ややかな感想に、俺達は押し黙るしかなかった。

「ねぇねぇ。きすみくん、映（えい）はサンタさん似合っている？」

俺の小学四年生の妹・瀬名映（せなえい）もまた今日のパーティーに参加していた。

映（えい）のサンタ衣装（いしょう）も買ってきており、十歳にしては発育がよいため大人用のSサイズでも問題なく着ることができた。

はじめて着るサンタ衣装（いしょう）がみんなとお揃（そろ）いでご機嫌（きげん）だ。

遠目に見れば大きな妹も、その反応はまだ子どもだ。

「よく似合っている。だからサンタさん、俺にプレゼントをくださいな」

俺は遊び半分に、妹サンタにねだってみた。

「えープレゼントなら映にちょうだいよ」

「俺、トナカイ。運ぶの専門」

この格好を見てわからぬかと、妹のおねだりを回避する。

「きすみくんのケチ」

「ケチって言うような口の悪い子には本物のサンタが来てくれないぞ」

「きすみくん。サンタさんがいるってまだ信じているの？　子ども～～」

小学生に煽られる。

「映だって、去年まで信じていただろう。サンタを見るんだって言って、毎年寝落ちして悔しがっていたくせに」

両親の代わりに映の枕元にプレゼントを置いていたのは、なにを隠そうこの俺だった。

足音を殺して、バレずに部屋に入るのはちょっとしたゲームである。

「知らなーい」

そんな妹のとぼける発言に、みんながかわいいものを見る目で眺める。

我が妹は相変わらず愛されキャラだ。

こうして定期的に瀬名会の集まりに参加して、映はみんなからかわいがってもらっている。

乾杯して早々、映は一本目の骨付きチキンを食べ終わり二本目に手を伸ばす。

「映。たくさんあるんだから、ゆっくり食べれば？」

「おいしいものは、ゆーげんなんだよ。だから早い者勝ち」

あぁ、有限ね。まぁ、クリスマスに食べるチキンはごちそうっぽくて、テンションが上がるのは俺にも覚えがある。

「あんまり食べすぎると、ケーキが入らなくなるぞ」

「デザートは別腹だから大丈夫！」

「なぁ、一体どこでそういう表現を覚えてくるんだ？」

「アリアお姉ちゃん！」

不意を突いて出てきたヨルカの姉の名前に、ぎょっとする。

「おまえって、そんなアリアさんと仲良しだっけ？」

夏や文化祭の時など何度か会っているが、下の名前で呼ぶような間柄だっただろうか？

「──映達だけの内緒」

俺の知らないところで、妹は内緒を作っていた。

「ところで、ヨル先輩。その右手の指輪ってはじめて見ますけど、もしかしてきー先輩からのクリスマスプレゼントですか？」

紗夕の眼がキラリと光る。ずっと聞きたくてウズウズしていたようだ。

「そうなの。昨日渡してくれて」

ヨルカもさり気なく今日も指輪を身につけていた。

「かわいいデザインだね。いいセンスしているよ」

デザインに造詣の深いみやちーが指輪に太鼓判を押す。

「その感じ、有坂さんのチョイスでしょう。ね、そうじゃない？」

すかさず朝姫さんが鋭い洞察で、選定事情を見抜いていた。

「女子の目利きはすごいな。そういうのまでわかるもんなんだ」

その正確さには脱帽である。

「男子だけのセンスなら、ハートとかもっとわかりやすい物を選びがちだからね」

「ヨルカの好みに合わせて買って正解だったな」

迂闊なものをプレゼントしなくてよかった。事前のリサーチはやはり大切だ。

「わたしは、希墨がくれるものならなんでも嬉しいから！」

ヨルカはすかさず意見する。

「甘い。それは希墨くんだから言える台詞！　もしもセンスが壊滅的なプレゼントでも笑顔を保っていられる？」

「や、やけに突っかかってくるじゃない」

ヨルカはややたじろいでいた。

そりゃ微妙な物を贈られたら、誰でもどう反応していいか困ってしまうだろう。

この時期になるとフリマサイトにアクセサリー類が大量出品される現実を見ると、すべてのプレゼントが幸福な結末を迎えているとは限らない。切ない話である。

真実の愛は中々見つからない。

「ヨルカちゃん、いいなぁ」と映はじーっとヨルカの指輪を眺めていた。

「ねぇ、きすみくん。映も指輪欲しい！」

「小学生に指輪は早くないか？　それにすぐサイズも合わなくなるだろうし」

「映もオシャレしたい！」

「なら来年のサンタに頼め。俺はやらん」

「むぅ、きすみくんがヨルカちゃんだけ贔屓する」

ヨルカは困ったように眉を下げ、他のみんなも苦笑していた。

「人聞きの悪いことを言うな。ヨルカは恋人なんだから特別に決まっているだろう」

「映だって妹だもん！」

「妹が兄の恋人と張り合うな。そもそも勝負にすらならん。はい、おしまい！」

食い下がる映の相手をしていたら、いつまで経ってもごねられかねない。

「きすみくん、映のことが嫌いなんだ……」

膝を抱えて拗ねる妹は、物言いたげにこちらを睨む。

「ほら、あんな冷血なお兄ちゃんは放っておいて俺が買ってやるよ」

見かねた七村が代わりに機嫌を取ろうとする。

「嫌！　きすみくんにもらいたい！　七村くんは大きくてちょっと恐いんだもん！」

ガーンと、七村は珍しく本気でショックを受けていた。

女子の手厳しい意見をいつも笑い飛ばす七村も、小学生の率直な意見は刺さったらしい。

小学生の女の子からすれば、七村のような体格に恵まれたスポーツマンは頼もしいと感じる以前に、巨人にも匹敵する威圧感を感じてしまうのだろう。

「いっそ、きー先輩が女子全員にプレゼントをすれば丸く収まりますよ！」

「名案閃きましたみたいなノリで恐ろしい提案をしやがる！　男子高校生の懐事情を舐めんな！　大赤字になるわ！」

「えーこんなに、かわいい女の子をいっぱい集めておいてお土産のひとつもないんですか？　幹事さんの、ちょっといいとこ見てみたいなぁ」

紗夕のやつ、都合のいい時だけ甘えた声を出しやがる。

この後輩も美少女だから、付き合いの浅い男なら簡単に騙されるぞ。かわいいを悪用するな。

「紗夕ちゃーん。わたしも、それはちょっと見過ごせないかなぁ」

ヨルカは地の底から響くような声で、小悪魔な後輩を諭す。

決して多くは語らないが効果は十分だった。

「い、嫌だなぁヨル先輩、ただの冗談ですってば。まさか本気できー先輩にプレゼントをねだるわけないじゃないですか」

紗夕は引きつった声と表情で自らの意見をさっと取り下げる。

「むしろ会場を貸してくれて、細々と動いてくれた幹事の希墨くんを労うべきじゃない？」

そう提案してきたのは朝姫さんだった。さすが、いつも気が利くな。

「別に大したことしてないし、気にしなくていいよ」

みんなで楽しくパーティーができれば、俺はそれで満足だ。

「瀬名、器広いアピールか？」

「ただの遠慮だ。妹まで混ぜてもらえて助かっているくらいなんだから」

本日は両親共に仕事が夜まで入ってしまい、俺しか映の面倒を見る者がいない。

さすがにクリスマス当日に妹を家でひとり留守番させるのは可哀想だ。

瀬名会のグループラインでそう相談すると、全員二つ返事で映の参加をＯＫしてくれた。

そうした経緯もあって本日のパーティー会場は我が家となったのだ。

「希墨くんは欲がないのね。そうだ、買い出しで荷物を持ってくれたから疲れたでしょう？私がマッサージしてあげる」

朝姫さんがベッドに座る俺のピタリと横につく。

「え？　いや、運ぶのがトナカイの仕事だし」

「なら、褒めてあげるのがサンタの役目じゃない」

朝姫さんは俺の左腕を手に取り、揉みほぐしていく。

「きー先輩。私もさっきの失言をお詫びさせてくださいッ」

すかさず紗夕も反対側に回りこみ、同じように右腕をマッサージする。こちらはバスケ部時代から筋肉をほぐすのに慣れているから、ふつうに気持ちいい。

朝姫さんと紗夕は阿吽の呼吸で、俺をはさみこむ。

なに、この連係プレイ！

「じゃあ、あたしは両肩を揉めばいいのかな？」

みやちーまで悪ノリしてきて、俺の背後に立って肩に手を置く。みやちーの小さな手はピンポイントに凝りを刺激してくる。

いきなり三人のミニスカサンタに完全包囲されて、俺は身動きがとれない。

「映も！」

わちゃわちゃしていることを面白がった映がトドメとばかりに、俺の膝の上に横から飛びこんできた。

映が毎朝起こしに来るノリでフライング・ボディープレスをぶちかます。

その衝撃で俺はバランスを崩してしまい、連鎖的にみんなでベッドの上に倒れこむ。

「あははは、楽しい〜〜!!!!」

映は俺の上でバタ足をするから腹部を圧迫される。苦しい。

ふと横を向けば、朝姫さんの顔が間近にあった。

目が合い、ドキッとしてしまう。

「さすがにベッドで男の子と横になると、ドキドキするね」

先ほどまでのからかう雰囲気はなく、身動きの取れない朝姫さんは頬を赤くする。

「スミスミ、あんまり頭を動かさないで。角が、当たっちゃう」

頭上から降ってきた声につられて思わず首を巡らす。

みやちーが困った顔で、彼女の胸元に当たっていたフードの角をそっと遠ざける。

慌てて俺は強引に身をよじって脱出を試みると、右耳がなまめかしい嬌声を拾う。

「さー先輩の腕が挟まっているんですから、じっとしててくださいよ」

右を見れば、紗夕が恨みがましくこちらを睨む。

右腕に意識を集中すると、やわらかい感触ではさまれていることに気づく。紗夕の両脚の間に腕が収まっていた。

マズイ、下手に動いたら余計に事態が悪化しかねない。

「映、早く上からどいてくれ！」

追い討ちをかけるようにパシャリとスマホのシャッター音が鳴る。

「証拠写真ゲット。タイトルはサンタ・ヘブンってところか。クリスマスにミニスカサンタの美少女達をはべらしやがって」

「七村は勝手に撮るな！　今すぐ消せ！」

俺が必死に訴えながら、はたと肝心の人物がまだ一言も発していないことに気づく。

「きーすーみー。わたしが昨日教えた三原則をもう忘れたの？」

「起こさず、近づかず、起こさせず！」

俺は即座に復唱してみせる。

「ぜんぶ守れてないじゃない！」

クリスマス、雪の代わりにヨルカの雷が落ちる。

危うく血で血を洗うミニスカサンタ大戦がはじまるかと思った。

◇◇◇

「瀬名よ、ちょっと廊下に来い」

クリスマス・パーティーが盛り上がる中、七村がこっそり声をかけてきた。

「ここじゃダメなのか？」

「俺は構わんが、女子がどういう反応をしても知らんぞ」

悪い顔をして予言する七村。

なにか企んでいるのは明白であり、俺は大人しく従うことにした。

七村がちょっとトイレと先に部屋から出る。

「新しい飲み物を持ってくるよ」と、俺も時間を空けて立ち上がった。

暖かい部屋から出ると、廊下の空気が余計に冷たく感じる。

「来たか」

七村は廊下の角で薄闇に紛れるように待ち構えていた。

カチューシャ外せ、このトナカイ男。

暖房を効かせているので俺の部屋の扉は閉じている。

万が一、誰かが廊下に出てきても、この位置ならすぐには見つからない。

まるで裏取引をするような警戒っぷりだ。

「わざわざ呼び出してなんだよ。寒いから早く戻ろうぜ」

「アホ。声が大きい」

注意されて口を噤む。それから声を潜めて話す。

「一体なんだよ」

「おまえにコレを渡してやろうと思ってな。俺からの個人的なクリスマスプレゼントだ」

七村はポケットから取り出したのは謎の小箱。

「俺にプレゼント？　どういう風の吹き回しだ？」

不審に思いながらも手渡された箱を確認する。

かなり軽く、振ると中でカサカサと個包装されているであろうものが鳴った。

手のひらサイズの長方形の箱で、赤いパッケージは一見すると中身がわからない。よく見なければ詳細はわからず、０・０１という白抜きの数字だけが異様な存在感を放つ。

「——、これはまさかッ⁉」

俺は小箱の正体に気づいた。

「親友の気遣いに感謝しろ。いくらあっても困らないだろう」

「なんで、コンドームなんて渡すんだよッ」

大きな声を出しかけるのを、なんとか耐えた。

「楽しいことほど安全第一だぞ」

「せめてラッピングしろよ。丸見えじゃないか」

こんなものが見つかったらどうするんだ。

「は？　わざわざ男友達にラッピングで渡すとかキモイだろう」

いや、まぁその通りなんだけどさ。

「気遣いの問題だ」

「わかりやすくていいだろう。ナイスリアクション」

「うぜぇー」

「有坂ちゃんといいムードになった時に安心だろう。それとも自前で用意しているのか？」

「…………」

「あるのか⁉　え、もうやった？」

「まだだよ！」

夏休み前にヨルカの家にはじめてお呼ばれした時、実はリュックの中に忍ばせていた。

もっともそれは俺の完全なる勇み足であり、しかもあの時は着いて早々ソファーで寝ていたアリアさんに押し倒されて、それどころではなかった。

あれから半年の月日が流れた。

バンド合宿の夜にはスキンシップ不足で発情したヨルカと危ういところまでいきかけたが、俺達はまだ清いままである。

「ミニスカサンタの有坂ちゃんと楽しい夜を過ごすかもしれんだろう。備えあれば憂いなしだ」

「この状況で、さすがに泊めるわけにもいかんだろう」

「瀬名、恋人があんなかわいいコスプレしてよく我慢できるな。ビビッてるの？」

「むしろ我慢しっぱなしだよ。だけどタイミングとか、色々あるんだよ」

「ヘタレめ。あんだけ有坂ちゃんとイチャイチャしておいて、ずいぶんと健全なお付き合いをしているんだな」

図星だから、なにも言い返せない。

興味があるからこそはじめては大切にしたいし、未経験ゆえに決定的な一歩が恐くなる。

そういう気持ちに揺れ動きながら、いつの間にか冬になっていた。

「文化祭でプロポーズまでかましておいて、今さら恐いもんなんてないだろうに」

「じゃあ、どうすれば上手くいくんだ？」

「俺様クラスになると、勝手に女の方から寄ってくるからな」

「参考にならない意見ありがとよ」

「ま、予備に持っておけ」とポケットに詰めこまれた。

「今貰っても困るって」

「どうせ一度知ったら夢中になるんだ。数があるに越したことはない」

「…………」

俺もその言葉を否定できる自信はない。

「無事に童貞卒業したら、ちゃんと報告しろよ」

「言うか!!」

つい大声を出してしまい、何事かと女性陣が部屋から顔を出してきた。

第三話　今夜は帰りたくない

七村は先に部屋へ戻り、俺はクリスマスケーキを取りに一階のキッチンへ下りていく。

ヨルカも手伝いで一緒に来てくれた。

「紅茶も淹れるね。お湯は私が沸かすから」

ヨルカは我が家に泊まった時に夕飯を作ってくれたから、やかんの場所も覚えていた。

俺も人数分のお皿とフォーク、切り分ける用の包丁を準備しながらも、ついヨルカの方に目を奪われてしまう。

「キッチンでテキパキとしていると頼もしいな」

「お湯を沸かしているだけじゃない」

「一緒に暮らしたら、こんな感じなのかなって考えるだけで楽しいよ」

お湯が沸くのを待ちながら、俺達はキッチンで雑談をする。

「――。サンタクロースはクリスマスにだけ来るからありがたみがあるのよ」

「結婚したらヨルカは毎日いてくれるだろう？」

「むしろ希墨は、毎日帰ってきてくれないとダメだからね」

「？　そんなの当然だろう」

将来どんな仕事に就くのかわからないが、愛する家族の待つ家には一刻も早く帰りたい。

「うちの家ではそれが当然じゃなかったのよ」

ヨルカは無感情に漏らす。

「そりゃ、ご両親がアメリカで働いていると毎日帰宅するのは難しいな」

両親不在であることが有坂家の日常だった。

「日本にいた頃からパパは仕事で遅いし、先に帰ってくるママもかなり大変そうなのは小さいながらによく覚えているわ。あぁ、親って子どもと遊ぶ時間を作るのも一苦労なんだって」

「ずいぶんと賢い子どもだったんだな」

「からかっている？」

「まさか。ヨルカは、もっと甘えたかったのか？」

「どうだろう？　それが当たり前だったし、希墨に言われたように昔のわたしは『自分の欲がわからない』子だったから」

一年生の頃、美術準備室で油絵が崩れてきた日の放課後、確かにそんな話をした。あれを機にヨルカが心を開いてくれるようになったと思う。まぁその前に蹴られそうになってパンツも見てしまった。色んな意味で鮮烈だった。

「昔の分までお父さんと話してあげれば？」

やましい気持ちが沸き起こる前に、俺は真面目な話題に引き戻す。

「嫌よ」

昨日の今日で喧嘩が収まるほど、軽いものではないらしい。

「ヨルカもそんな反抗期の女の子みたいな反応を親にするんだな」

「その分、希墨に甘えて心のバランスをとるの」

おそらく彼女の口から無意識に出た、心のバランスという言葉。

単純に恋人とのスキンシップは基本的に誰でも楽しいものだ。

それに加えて、両親と物理的に離れて暮らしている反動で、身近で親しい存在である俺と触れ合うことで精神的な安心を得ているのだろう。


「――それって、やっぱりさびしかったんじゃないの？」


俺の指摘にヨルカはキョトンとした顔になる。

ほんとうに不意打ちだったらしく、彼女はしばらく固まっていた。

本人は今の生活に慣れて割り切ったつもりでも、心の底では両親を恋しいと思っている方が自然である。

有坂ヨルカはまだ十七歳の女の子なのだ。

普段は会えない親を恋しがることは別に幼いわけではない。

「ヨルカ。いい機会だから教えてくれないか。ご両親とは、いつから離れて暮らすようになったんだ？」

俺は有坂家の歴史を知りたかった。

「パパとママがアメリカで仕事をするようになったのは、わたしが小学四年生くらいの時かな」

「十歳くらいか。ずいぶん早いな」

「そっか、ちょうど今の映ちゃんと同い年くらいなんだ」

ヨルカはふと感慨に耽るように呟く。

彼女にとっては大昔の出来事であるかのように、実感の薄い反応だった。

「ふたりの年齢を考えれば、家族全員でアメリカに行く方がふつうじゃないか？」

当時小学四年生のヨルカと中学二年生のアリアさんというまだ幼い娘達だけを日本に置いていくには早すぎるように思えた。

「パパは今コンサルタントの会社を経営していて、アメリカ国内を飛び回るような仕事ばかりなの。向こうで家を借りても、毎日は帰れない生活になりそうだったのよ。言葉も通じない、見知らぬ土地に子どもを留守番させるよりは日本の方がまだ安心でしょう。パパとママもかなり悩んでいたけど、お姉ちゃんと話し合って『ふたりで行ってきなよ』って送り出したの」

「経緯には納得したけど、よく両親の背中を押せたな」

いくら四歳年上のアリアさんが優秀でも、当時はまだ中学生である。

姉妹で話し合ってその決断ができたのは大したものだ。

俺が十歳の頃は曖昧だが、映を見ていると親と離れて暮らすのは結構大変だと思う。

「パパとママはふたりともバリバリ働きたいタイプなのよ。ママは子育てのために仕事量をかなりセーブしていて、それは子どもながらに我慢していることはわかってたからね。娘達としてもママには、もっと活き活きとしてほしくて。それは今も昔も同じ気持ちよ」

「親孝行な娘だな」

家族は大切だが、その幸せや人生のやりがいをどこに見出すかは人それぞれ。

古い家族像が時代に合わないのは誰の目にも明らかだ。

家で事業をやっている家庭と、会社に勤めている家庭では物の考え方も変わってくる。

それは子ども達にも無意識下で影響が出てくるものだ。

「わたしが小さい頃からパパは出張が多くて、毎日顔を合わせてはいなかったから。今とそんなに変わらないし。なによりパパがアメリカでの仕事を本格化させるためには優秀なママの力が必要だった。だから、いい機会だと思ったのよ」

ヨルカとしても家族の一員として協力するのが当たり前という態度で話す。

「そっか。家に帰れば、必ず家族全員が揃っているってわけでもなかったんだな」

「パパとママが日本を離れる前から信頼できるお手伝いさんに来てもらっていたから、両親がアメリカにいる以外は生活環境が大きく変わるわけでもなかったし」

「そういう生活の下地が最初からあったわけね」

いきなり両親と子どもが別れて暮らすのは難易度が高いだろうが、有坂家では両親が日本で生活していた頃から既に今と近い環境ではあった。

「むしろ忙しいのに両親は入学式や卒業式、受験や進学とか色んな手続きが必要な時にはきちんとアメリカから帰国してくれたからね。わたしも、もっと力になりたいって思って家事を覚えたのよ」

「ヨルカ、偉い子だね」

幼き日の彼女を褒めたたえるように、俺はそっと頭を撫でてやる。

「別に、それが有坂家の当たり前だっただけよ」

「それでも我慢もあったんじゃないか？」

「生きていたら我慢はつきものでしょう。その分、甘えられる喜びも格別なの」

ヨルカはそっと抱きついてくる。

今日はみんなの前だから、こうしてイチャつくタイミングがなかった。

ミニスカサンタの薄着で密着されると破壊力抜群だ。

しかも両親不在とはいえ、実家で恋人とイチャつくのは背徳感がすごい。

非常にいけないことをしている気持ちになる。

「はぁー落ち着く」

ヨルカは心底幸せそうだった。

しばらく浸るように抱き合っていると、ミニスカサンタはあるおねだりをしてくる。

「……今夜は帰りたくない」

その一言だけで、心臓が超新星爆発したくらいドキドキした。

男が女の子から一度は言われてみたい台詞の上位に入るであろう。

落ち着け、瀬名希墨。

女の子が振り絞ってくれた勇気を無駄にするな。

彼女の望みを叶えるために脳内で必要なプロセスを洗い出す。

全員を帰した後、上手くヨルカだけを留まらせる。自室の後片づけも急いで済ませなければならない。その上でうちの家族をどう説得するか。いっそこっそり泊まらせるか？

どうすればスマートに事を運べるのか⁉

「なんてね。映ちゃんもいるし、ご両親も帰ってくるものね」

ヨルカは顔を上げて、こちらの顔を覗きこんでくる。

もちろん、ヨルカの言うことは正しい。

俺も後先考えないで押し切るほどアホでもない。

頭ではわかっていても、俺の内側では羞恥心と劣情が愚かな泥仕合をしていた。

「ほーら、そんな顔をしないで。サンタクロースは次のプレゼントを配りに行くものでしょう？」

「トナカイがいなきゃ難しいだろう。今晩はこのまま休むべきじゃないかな」

強がりを口走ってみる。

友達の集まるパーティーの最中で、聖夜の奇跡が起きる確率が低いのはわかっていた。

が、ホッとしたような残念なような複雑な心境である。

だってサンタクロースのコスプレをしたヨルカは死ぬほどかわいいんだぞ。

美少女にミニスカサンタなんて最強の組み合わせすぎる。

「希墨のエッチ……、ねぇポケットになんか入っている？　ふとももに当たるんだけど」

ヨルカは、俺の着ぐるみに手を伸ばす。

「小さな、箱かな？」

「──ッ⁉」

ヤバい、七村から貰った例のブツが入れっぱなしだった。

「いや、別に大したものじゃないから」

「えー気になる。中身なに？」

「気にするなって」

「なーんか怪しいな。見せてよ」

ヨルカはいきなりポケットに手を入れてこようとする。

「ちょっ、大胆すぎません！」

俺は身体をよじって避けようとするが、ヨルカは逃がさないとばかりに抱きつく力を強めてくる。ダボダボの着ぐるみはポケットの口も大きいため、ヨルカの手が入ったら簡単に持ってかれる。

「後生だから勘弁してくれ！」

「そうやって抵抗されると余計に知りたくなるんだけど！」

ヨルカは強引に手を入れてこようとする。

「キッチンでふざけたらいけませんって学校で習わなかったのか？」

「恋人の隠し事が気になる場合は対象外！」

「そんな例外、初耳だよ！」

「いいから大人しくしなさい」

「俺は安全第一なだけだ！」

イチャつくようにふたりで密着しながらくるくると回っていた拍子に、例のブツがポロっとポケットから落ちる。

「あれってなに？」

ヨルカは曇りなき瞳で訊ねる。

オシャレなパッケージなので一見しただけでは、その小箱の正体がわからないようだ。

非常に答えづらい。

恋人同士、男と女だからこそ生々しい意味を帯びてしまう。

「ゴム」

黙秘していてもバレると踏んだ俺は、素直に答える。

「――――!」

ヨルカは驚きと慌てるのを咄嗟に耐えた。

その反応から、名称とその使用目的についての知識はあるようだ。

ヨルカは逃げたり叫んだりすることはしなかった。

「それって、あの時につかうもの、だよね?」

「あぁ」

「なんでポケットにあるの?」

ヨルカは慎重な声で質問する。

「さっき七村と廊下に出た時に渡された。そのままキッチンに来たから隠すタイミングがなくて、ポケットに入れっぱなしだったんだ」

「そ、そうなんだ。じゃあ仕方ないね。まったく、七村くんには困っちゃうな」

ヨルカは露骨に安心した顔になった。

俺はおもむろに箱を拾い上げてから、なおも打ち明ける。

「だけど七村から貰わなくても、俺も自前で買ったんだ。ヨルカと、もしもの時のために」

自分の正直な欲望を口にするのは恥ずかしい。

「ずっと、我慢していたの？」

「ヨルカに嫌な思いをさせたくはないんだ。だから我慢というか、まぁタイミングを探していたのは確かだな」

この期に及んで言い訳をするだけ無駄だ。

俺はできるだけ自分の本心を言葉にしようと努力する。

「……今日ね、最低限のお泊りセットは持ってきているの」

今度は俺が驚く番だった。

「ほら、家ではお父さんと喧嘩中だし、パーティーが盛り上がったらそのままみんなで朝まで泊まったりすることもあるのかなって！　希墨の家には一度泊まったこともあるし。あくまで念のために、ね！」

ヨルカは早口でまくし立てた。

「ただ」と彼女は急に言葉を途切れさせる。

「ただ、なに？」

「――今夜は帰りたくない、って気持ちはわたしもあるよ」

そこに帯びる響きはさっきとは別物だった。

秋に友人である叶ミメイの自宅でバンドの合宿をした時の危うい一夜を思い起こさせる。

あの瞬間、俺達は間違いなくお互いを求め合っていた。

自分の本能に従いたい。

激しい衝動が自分の腹の底で渦巻き、熱を持つ。

今すぐに彼女の唇を奪いたい。

俺はもう一度、ヨルカの腰元を抱き寄せて近づく。

ヨルカは抵抗しない。ぎこちなくも、俺に身を預けてくる。

このままでは止まれなくなってしまう。

最後の理性を頭から消し去ろうとして――

「パーティーで抜け出してイチャつくなんて、ベタベタの定番ね」

「スミスミとヨルヨル、空気がピンクだよ」

扉の方を見れば、呆れた表情を向ける朝姫さんと苦笑気味なみやちーが立っていた。

「中々帰ってこないと様子を見に来ればこれだもの。お邪魔だったかしら?」

ピィーと沸騰した音がヤカンから上がった。まるで警告音だ。

「わ、わ、わたし、みんなの分の紅茶を淹れるから、希墨はケーキを取り出して！」

ヨルカはパッと俺から離れて、慌てて作業に戻る。

俺の恋人は衣装だけでなく、耳まで真っ赤にしていた。

「……有坂さん、家に帰りたくないの？」

朝姫さんはからかうように訊ねた。

「ど、どこから聞いていたのよ！」

ヨルカは恥ずかしさで爆発しそうだった。

◇◇◇

ケーキ一式を持って、四人で部屋に戻ってきた。

ちょうどテレビの音楽番組から、アイドル研究会の動画でも見た曲が流れてくる。

ビヨンド・ジ・アイドルの『七色クライマックス』。

当時ダブルセンターだった恵麻久良羽と立石蘭の息の合ったパフォーマンスで話題となり、今もよく耳にするロングヒットした曲だ。

「映、この曲を踊れるよ！」

我が妹は立ち上がって、メロディーに合わせて踊り出す。

驚くべきことに振り付けを完璧に覚えており、その見事なダンスにみんなは拍手を送った。

俺と違って、びっくりするくらい器用な妹である。

「歌ったり踊ったり演奏できると盛り上がるわね。文化祭もいいライブだったな」

朝姫さんがふいにこぼすと、みんなもうんうんとあの時の思い出に浸る。

裏方として際どいスケジュールを調整してくれた朝姫さんは間違いなく陰の功労者だ。

「妹さんは希墨くんのライブはどう思ったの？」

朝姫さんは、純粋な観客であった映の反応が気になるようだ。

「カッコよかったよ。けど……」

「けど、どうしたの？」

ヨルカが答えの続きを求める。

常に元気でハキハキした答え方をする映にしては珍しく歯切れが悪い。

「きすみくんが、きすみくんじゃないみたいだった」

映は不思議な感想を口にした。

ライブ直後に神崎先生やアリアさんと舞台袖に来てくれた時はあんなに喜んでいたのに。

その証拠に、あの時に舞台袖で撮った集合写真で映も満面の笑みを浮かべている。

俺もその写真を気に入っており、記念にプリントして机の前に飾っていた。

「そりゃ自分の兄貴が恥ずかしげもなくステージ上で愛を叫べば、妹ちゃんとしては違和感あるだろう」

七村はすかさず弄ってくる。

「えーあいうストレートなのって結構グッときません？　私、見ながらふつうに感動して泣いちゃいましたよ」

紗夕は思い出して、また泣きそうだった。

「バンドの鬼気迫る演奏で会場は総立ちだったし、ダメ押しで希墨くんのプロポーズで大盛り上がりからのアンコールは、永聖史上の伝説に残る文化祭になったでしょうね」

朝姫さんは満足げに総括する。

「母校に変な逸話が残らないといいけど……」

そういうのは柄じゃないから照れくさい。

「叶さんや花菱くんも今日のパーティーに来れればよかったのにね」

ヨルカは不在のバンドメンバーの名前を出して残念そうだった。

俺とヨルカ、みやちーに加えて叶ミメイと花菱清虎の五人で組んだバンドがリンクスである。

叶ミメイと花菱清虎も誘ったのだが、ふたりとも先約があり本日は欠席していた。

「仕方ないよ。メイメイはご両親の出演するクリスマスライブを毎年見に行っているし、花菱くんはお家のパーティーなんだって。お医者さんは大変だよね」

答えたのは、みやちーだった。

飛び交っていた言葉が止まる。

「え？　なんで急に黙るの？」

みやちーは不思議そうな顔で、他のみんなを見渡す。

「いや、みやちーは叶と仲がいいから欠席理由を知っているのはわかるけど、なんで花菱の事情まで知っているのかなって」

俺が代表して質問する。

幹事の俺は出欠確認し、瀬名会のグループラインで最終的な参加者を共有した。

が、不参加者の欠席理由までは伝えていない。

「廊下ですれ違った時にたまたま聞いただけだよ。ほら、花菱くんって勝手に喋るでしょう」

みやちーは何事もないとばかりに答える。

「ひなかちゃんって割と花菱くんに厳しくなかったっけ？」

「けど、文化祭以降、ふたりが話している場面を何度か見かけたかも」

ヨルカと朝姫さんが顔を見合わせる。

「あれあれ、宮内先輩と花菱先輩ってもしかして……恋の予感ッ!?　文化祭マジックが発動しちゃった的な！」

紗夕は興味津々という顔でテンションを上げていた。

「ないない。あんなキラキラ王子様系は、あたしのタイプじゃないし」

みやちーは、その可能性が微塵もないときっぱり否定する。


ケーキまで食べ終えると、さすがに満腹感で苦しい。

テレビもちょうどCMに入り、なんとなくまったりとした休憩タイムになる。

時計を見れば、気づけば夜の九時を過ぎていた。

「さて、ケーキを食べたからっておしまいモードに入るのはまだ早いぞ」

和やかな雰囲気に包まれたところで七村はどこからともなく数字の書かれた割りばしの束を取り出す。わざわざ事前に準備してきたらしい。

「みんな、王様ゲームしようぜ!!」

七村がノリノリで提案すると、

「嫌」「嫌よ」「嫌かな」「嫌です」「どんなゲーム？」「死ね」

ルールを知らない映以外、全員が拒絶する。

「おい、最後！　死ねは言いすぎだろう瀬名」

「アホぬかせ！　小学生もいる状況でなんつー提案をしている！」

「妹ちゃんだけ仲間外れはかわいそうだろう」

「なら映でも参加できるゲームを提案しろ」

「楽しいだろう、王様ゲーム」

「どうせエロいことしようとでも企んでいるくせに」

七村の魂胆くらいお見通しである。

「偏見だ！　エロだけが王様ゲームじゃない。スリルとスキンシップで、パーティーをさらに盛り上げたいだけだ」

「おまえ、マジで我が家を出禁にするぞ」

俺は真顔で告げる。映が変な言葉でも覚えたら大変だ。

「幹事のパワハラ。横暴だ」

「常識的な判断と言え」

「シスコンめ。過保護すぎるぞ」

「兄から妹への教育的配慮だ」

俺も譲る気はない。

「いくら子どもだって思っていても、知らぬ間に成長して大人になっていくんだよ」

七村はなぜか訳知り顔だ。

「誰目線だよ」

「兄貴の親友ポジ」

「今、限りなく七村との友情が揺らぎつつあるぞ」

「……ほう、瀬名よ。俺様にそんな態度をとってもいいのか」

七村は引かない。むしろ不気味なほどに余裕があった。

「なにがだ？」

「俺がおまえにあげた例のブツ、この場でバラシてもいいのか？」

「——おまえ、まさかこのためかッ⁉」

七村らしからぬ知略。

わざわざ俺を廊下に呼び出してコンドームを渡したのは王様ゲームをやるための罠だったらしい。ご苦労なことだ。

「さぁどうする。俺はどちらでも構わないぞ」

七村は、ヨルカにバレていることを知らないから脅迫材料として通じると思っている。

下手に却下すれば、俺がコンドームを持っていることを容赦なくバラしてくるだろう。

七村とはそういう男である。

他の女性陣からどんな反応をされるか想像もつかないし、そんな状況を妹に目撃されて兄の威厳が地に墜ちるのは避けたい。

なにより好奇心旺盛な妹が、コンドームに興味を持つのはまだ早いッ！

「……わかった。じゃあ、エロい命令は禁止。あくまでも常識的なパーティーゲームの範囲でのみ。これならどうだ？」

仕方なく嫌々(いやいや)ながら譲歩(じょうほ)するという芝居(しばい)を打つ。

俺が提案した限定条件付きでの王様ゲームならと、女性陣(じん)も許容した。

「ちっ、まぁ、そこで手を打ってやろう」

ということで、王様ゲームがはじまる。


「「「「「王様だーれーだ！」」」」」

みんなで一斉(いっせい)に割りばしを引く。

全員が手元の割りばしを確認(かくにん)しつつ、互(たが)いを見回す。

そして、王様が名乗りを上げる。

「映(えい)が王様だよ！」

我が妹ながら豪運(ごううん)である。

いきなり引き当てるのだから大したものだ。

俺と違(ちが)って、映(えい)にはこういうスター性みたいなものが確かにあった。

「王様、ご命令を！」

七村(ななむら)がノリノリで促(うなが)す。

「ヨルカちゃん！　ちょっとだけ指輪貸して！」

数字ではなく、いきなり名指しだった。

「おい、映。番号で指名しろ。それはルール違反だぞ」

トップバッターがいきなりルールを破るな。この後がなし崩し的になりかねない。

「いいじゃない。別に構わないわよ」

ヨルカはそう言って、指輪を外して映に渡す。

「ありがとう。ヨルカちゃん！」

映は指輪を右の薬指に嵌める。

案の定、若干緩そうだ。

「…………、うん。ありがとう。これ返すね」

映はしばし指輪を嵌めた自分の指を見つめてから満足したようで、あっさりと外す。

「もういいの？」

わざわざ王様が命令したのに思いの外すぐに返却されて、ヨルカは不思議そうだった。

「うん。やっぱりヨルカちゃんがつけているのが一番似合うと思う。それにきすみくんが選んだものを失くしたら大変だから！」

「うん、この指輪は映ちゃんのお兄さんから貰った大切な宝物なんだ」

ヨルカは指輪を大切そうにつけ直す。

「おまえも、そういう気遣いができるようになったんだな」

「だって失くしたらヨルカちゃんもきすみくんも悲しいでしょう？」

映の大人な対応に、まだ子どもと思っていた妹のふとした成長を実感させられた。


割りばしを回収して、二巡目。

「「「「「王様だーれーだ！」」」」」

再び割りばしを引く。

「あ、俺か」

割りばしには王冠のマークがあった。

さて、どんな命令をすべきだろうか。

少し考えて、俺は自分が訊きたい質問をしてみた。

「みんなの将来の夢や、なりたい職業とか進路を聞かせてほしい」

「真面目か。青臭い質問しやがって」

七村は不満を隠さない。こいつ、王様になったら絶対に間接的にエロい命令するだろう。

「王様の命令は絶対。いいから七村から答えていけ」

「あぁ？　俺はプロのバスケットボール選手になるぞ」

先陣を切った七村は当然とばかりに宣言する。そこには微塵の迷いもない。

「七村はそうなるだろう」「七村くんらしいね」「むしろ七村くんからバスケを取り除いたら、女の敵だし」「ななむーならそれしかないよね」「才能は存分に活用すべきだと思います！」

「七村くん、おっきいもんね」

その進路こそが正解だと全員が太鼓判を押す。

「私はアナウンサーを目指そうかなって、ちょっと考えてます」

続いて答えたのは紗夕だった。

紗夕なら絶対向いていると、この場の全員が思っただろう。

彼女の持っているタレント性と実は努力家なところが合わされば、きっと上手くいく。

「私は医者を目指すから、医学部のある大学に進学する」

朝姫さんはあっさり答えてみせた。きっと家族の影響もあるのだろう。

お母さんも看護師で、最近再婚したお父さんもお医者さんである。

これまでは家族の負担にならないように、よい成績をとって推薦でいける一番いい大学しか選択肢に入っていない、という条件による選択だった。

だが、今は明確な彼女自身の意志を感じさせた。

「あたしは本気でデザインをがんばってみようかなって。文化祭でクラスの出し物でロゴとかチラシを作ったの楽しかったし、自分の性にも合っているみたい」

「ひなかちゃんのTシャツ、今は映が着ているよ！」

「え、映ちゃんが？」

「俺のクラスTシャツのデザインを気に入って、自分の服にしているんだ」と補足する。

せっかく記念に取っておこうと思ったのに、いつの間にか妹に奪われていた。

「映ちゃんにも気に入ってもらえたならよかったよ」

みやちーは控え目な反応だが、クラスメイト以外が自分のデザインを気に入ってくれることをかなり喜んでいるのだと思う。

次に質問に答えたのは、映だった。

そう言えば、映のなりたい職業や夢は聞いたことがない。

「映もみんなと同じ高校に行って、きすみくん達みたいに文化祭で面白いことする！」

我が妹は本気で永聖の生徒になりたいそうだ。

アリアさんの指導のおかげで俺も合格できたのだから、映も今のままなら実現しそうだ。

俺が十歳くらいの頃と比べて、妹の方がよっぽど優秀だった。

みんなが語る将来は割と具体的なことで少々驚いた。

まるでクリスマスツリーの飾りのように、それぞれが個性的な形で輝いて感じられた。

「で、瀬名は？」

俺が感心していると、七村が振ってきた。

「王様も答えないとダメ？」

「日本に王様って職業はねぇぞ」

要するに、さっさと答えろということだ。

自分の具体的な将来像を描けないからこそこの質問をしたのだ。

俺自身はまだ答えを持ち合わせていない。

「……俺はさ、みんなみたいに目指したい職業がまだなくて、この質問したんだ。今答えられるのは大学に通いながら就きたい仕事を見つけるくらいか」

「希墨くん。やりたい仕事は決まってなくても、理想くらいはあるんでしょう？」

朝姫さんは、俺が答えやすいように上手に質問をかみ砕いてくれた。

さすがはクラス委員の相棒である。気遣いがありがたい。

「あぁ、どうなりたいかだけはもう決まっている」

みんなの視線が俺に集まる。

このくらいでおどけるほど俺の覚悟は弱くない。

なんせ文化祭のステージでプロポーズをするような男だ。

「俺は楽しい家族を築いて、ヨルカを幸せにする」

自分のプロポーズの言葉に偽りはない。

「で、有坂ちゃんは？」

七村は間髪入れず、そのままヨルカへ繋げる。

すると、ヨルカはなにか躊躇う素振りを見せた。

ん。ん？　待て。もしかして俺だけ先走りすぎたか？

急に不安になってきたぞ。

この微妙な沈黙、すごく嫌な感じ。

ヤバい、自分の鼓動が激しくなってきた。

だが、俺の心配をよそに、ヨルカは俺を安心させる言葉を言ってくれた。


「わたしは、その、希墨のお嫁さん」


俺とヨルカは完璧で完全に両想いの恋人だ。

愛する恋人のド直球な希望に、不安は吹き飛び心は雲一つない青空のように晴れ渡る。

「はい、撤収」と朝姫さんがパンと手を叩く。

「お疲れさん。なんか瀬名のおかげですっかり冷めちまったな」「あたし、胸がいっぱいだよ」

「きー先輩、ヨル先輩、惚気ごちそうさまでした！」「映はまだ食べられるよ！」とガサガサと
一斉にテーブルの上を片づけようとする。

「みんな淡泊すぎるぞ。もっと祝福してくれてもいいだろう」

「さすがに甘すぎて胸焼けになるわ」

七村がマジで嫌そうな顔になる。

「あ？　そんなの春に教室で恋人宣言した時からずっと変わんないだろう」

俺も俺で開き直る。

「そうなんだよねぇ。スミスミはずっとヨルヨル一筋だもん」

俺の恋をずっと見てきたみやちーは納得の表情。

「まさかあんな古典的な台詞を言っちゃう人が実在するなんて。ヨル先輩、尊敬します」

紗夕は驚愕しながら笑っている。

「わたし、そんな恥ずかしいこと言ったかな⁉」

「言ったわよ、バカップル」

朝姫さんが容赦なくツッコむ。

「ヨルカちゃん、きすみくんとラブラブぅ～～」

映まで調子に乗って冷やかしてくる。

そうして楽しかったクリスマス・パーティーはお開きとなった。

◇◇◇

「みんな、気をつけて帰って。ヨルカ、年末の旅行を楽しんで！」

「よいお年を！　みんな、来年も遊んでね！」

希墨と映ちゃんに見送られて、わたし達は瀬名家を後にする。

もう夜の十時近くで、残りの片づけはふたりに任せた。

サンタの衣装から制服に急いで着替えたわたし達はご近所である紗夕ちゃんをお家に送った後、残りのメンバーで駅へと向かう。

七村くんという強力なボディーガードがいるから夜道も安心だ。

「じゃあヨルヨル、朝姫ちゃん。またね」

「有坂ちゃん、支倉ちゃん。新年会もしようぜ」

ひなかちゃんと七村くんはホームが反対方向なので、駅の改札を入ったところで別れた。

残ったのは、わたしと支倉さんのふたりだけだ。

普段みんなでいる時はあまり意識しないが、ふたりきりになると会話に困ってしまう。

思い返せばこの一年はずっと支倉さんと戦っていた気がする。

支倉朝姫は、わたしと同じように瀬名希墨という男の子に恋をしていた。

彼女は自分から希墨に告白できる勇気のある女の子だ。

もちろん希墨とわたしの両想いが揺らぐことはなかったけど、わたしにとって別格の存在感と脅威をずっと感じていた。

彼女はわたしと違って、愛想がよくお話が面白くて万事を器用にこなす人気者だった。

人との距離感の取り方がとても上手で、同性のわたしから見ても魅力的な女の子。なにより自分の気持ちをきちんと言葉にできることを尊敬してしまう。

彼女に対する複雑な感情は、憧れの裏返しでもあったのだと今ならわかる。

もしも希墨のことさえなければ、違った関係になれていたかもしれない。

だけど希墨と付き合えなければ、わたしはずっとひとりのままだっただろう。

誰ともろくに口を利かずに高校三年間を過ごして卒業していた。

そう考えると、不思議なものだ。

支倉朝姫という恋敵がいてくれたおかげでわたしは人とのコミュニケーションを取れるようになった。

彼女への強烈な対抗意識があったから成長できたと思う。

希墨やひなかちゃんと同じように、支倉朝姫はわたしにとって必要な存在だった。

「ねぇ、私達ってなんだかんだふたりきりで話すこと少なかったよね」

寒いホームで電車を待ちながら、ふととなりに並ぶ彼女が語りかけてきた。

「そうだね。文化祭の舞台袖でステージに立つ直前、支倉さんが背中を押してくれたおかげで助かったわ。今さらだけど、ありがとう」

「……ねぇ、家に帰りたくないって言ってただけど、希墨くん以外でも有効？」

「え？」

「有坂さんとは一度ゆっくり話したいなって思ってて。だから、これからうちに泊まりに来ない？」

彼女はやっぱりすごい。

わたしができないことをあっさり言ってのける。

第四話　大人と子ども

「じゃあ電気消すよ」

わたしは支倉さんの家のベッドで、彼女と並んで寝ていた。

お風呂を借りて、自分の持ってきたパジャマに着替えて、歯を磨いて、同じベッドに恋敵と肩を並べていた。

お互いに自分が床で寝ると言っても、冬場で風邪を引いたら大変だろうと問答になり、折衷案としてふたりで同じベッドに入ることになった。女の子ふたりならシングルベッドでも一緒に寝ることができるのだ。

病院で働いているご家族は夜勤で、家にはわたし達しかいない。

いくらでも夜ふかしできるし、もし喧嘩になっても誰も止めに入ってはくれない。

「……自分で誘っておいてアレだけど、なんか変な感じね。このふたりで同じベッドって」

先にそう呟いたのは、支倉さんの方だった。

「わたしも、こんな素直に行くって言えるとは思わなかった」

「お泊りの相手は希墨くんの方がよかった？」

「喧嘩したいなら買うけど?」

「やめておく。有坂さんとやり合うのは毎回疲れるんだもの」

彼女は、心底もうこりごりという態度だった。

「同感。支倉さん手強いから」

「どの口が言うのよ。最初から勝っていたのは、あなたでしょう」

「それでも諦めなかった、そっちも相当だよ」

恋敵としてこれ程恐い存在はない。

だって自分が男の子なら、わたしより支倉さんを好きになるからだ。

そんな魅力的な女の子が常に横にいられて落ち着いていられるほど、わたしは自分に自信がなかった。自分の幼さや弱さが嫌になるし、失敗した時にはいつも凹んでしまう。

周りがどう思うか知らないが、わたしはそこまで強い人間じゃない。

だからこそ希墨にだけは素直に弱さを打ち明けられたのが不思議だった。

彼になら大丈夫だと思えたのだ。

「――諦めきれなかったのよ。男の子を恋愛対象として見たのは彼がはじめてで、まだ自分の気持ちの整理のつけ方も知らなかったから」

「そう」

もしかしたら自分も失恋していたら、同じように諦めきれなかったかもしれない。

今となっては面と向かって咎めるのも心苦しかった。

失恋は誰にでも訪れる。

わたしはたまたま最初に好きになった男の子が希墨だったから、運が良かった。

ほんとうに、それだけの話なのだと思う。

好きになったら相手の欠点なんて周りが言うほど気にならないし、わたしは他人に自慢するために恋愛をしているわけではない。

自分が好きで、相手が応えてくれた。

妥協や計算のないシンプルな関係性だった。

「同じクラスで恋愛って面倒よね。好きな人と一緒で楽しくて、ヤキモキする」

「そこはわたしも同じ気持ち。……この前も、希墨に非ラブコメ三原則なんてものを押しつけちゃったし」

思い出して、軽く自己嫌悪。だって好きになればなるほど自分だけを見てほしいのだ。

「あーパーティーの時に言ってたやつね。有坂さんの嫉妬深さには希墨くんも手を焼かされるわね。気の毒」

「自覚はあるから言わないでッ！」

「せいぜい嫌われないように、がんばりなさい」

支倉さんもはや無関係とばかりに突き放す。

「おかげさまで今も必死よ」

「まだ不安なことなんてあるの？」

支倉さんは身体の向きを横に変えて、わたしの方を見た。

「……色々と家族の問題があるのよ」

「私でよければ聞くけど」

その一声が呼び水となり、わたしは現状のことを彼女に話してしまった。アメリカ行きの話が出ており、パパとは現在喧嘩中でろくに口を利いていない。

「あはは。有坂さんもかわいいところあるのね」

「笑い事じゃないわよ！」

「ごめんごめん」

「いや、でも遠距離恋愛になったところでふたりなら大丈夫じゃないの？」

支倉さんはごく自然にそう言った。

「そう、思う？」

わたしも弱気の虫が顔を出して、つい訊ねてしまう。

「真面目な話、距離が変わって恋愛できなくなる程度なら高校卒業したら確実に別れるわよ」

予言するように言い切られた。

「やめてよ。余計に心配になるでしょう」

「少なくとも希墨くんはそういうのに左右される男の子には見えないんだよね」

「わたしもそう思う」

支倉さんの断言には正直勇気づけられた。

自分だけの都合のいい思いこみじゃないとわかって、わたしは嬉しくなる。

「けどデートできなくなるのは単純にさびしいでしょう」

「そう、絶対無理ぃ。ありえないからぁ」

考えるだけで泣きそうになり、枕に顔を埋めてしまう。

「おーおー他人の家の枕を濡らすくらいよっぽど嫌なのね」

「なんでパパは急にこんなこと言い出したんだろう。最悪」

どんどん愚痴がこぼれていく。

「――実のお父さんと喧嘩できるだけいいじゃない」

支倉さんはそんなことをふいに漏らした。

彼女のお父さんは小さい頃に亡くなっているそうで、ずっとお母さんとふたりで暮らしてきた。最近そのお母さんが再婚して、新しいお父さんができた。

「ごめんね。気を悪くした？」

「ううん、別に。ただ、私も一回くらい実のお父さんと喧嘩してみたかったな、なんて」

薄闇に目が慣れてきたから、盗み見た彼女の横顔はどこか切なそうだった。

「お父さんの顔は写真で知っているけど、どんな声なのかも覚えてなくて。もし生きていたら、有坂さんみたいに親子喧嘩くらいしたのかなって」

「だから、お医者さん目指すことに決めたの？」

「ま、なれるかはわからないけどね」

「なれるよ」

今度はわたしが断言する番だった。

支倉朝姫みたいな聞き上手がお医者さんなら、患者も安心できる。それは知識や肩書きによる信用とはまた別の話だ。彼女から感じさせられる知性や明るさは相手の心を開かせる。

「ありがとう」

「ねぇ新しい家族って大変？」

「ぜんぜん。ただ、最初は慣れていなかったから違和感あったよね。家族って最初からいるものだと思っていたから、新しく『家族になる』ってピンと来なくて」

「……ある意味、わたしの家もそんな感じなのかも」

「どういうこと？」

「わたしの両親はずっと海外だから、世間の家族に比べたら会話の量はずっと少なくて。最近は年に数回会う程度だから……」

「家族だけど、どう話していいかわからなくなるとか？」

支倉さんは静かに、こちらの胸中を汲み取る。

「うん。離れて暮らすのが当たり前で、旅行や帰国の時だけ『家族になる』って感じかな」

東京に住むわたしとお姉ちゃんと海外で働く両親を、家族として結びつけるのは血の繋がりだけにも思えてくる。

「ご両親は、もっとあなたと話したいからアメリカに連れていきたいんじゃない？」

「迷惑！」

「ま、そうなるわよね」

わたしがバッサリ切り捨てると、支倉さんは大笑いする。

愛情が距離で変わるとは限らない。

それでも積み重ねてきた時間が関係性を築くのは、家族や恋人も変わらないのだろう。

有坂家の場合、親離れ子離れが早かったせいでよくも悪くも大人な付き合いになった。

理性的に対話しようにも、今度ばかりは冷静ではいられなかった。

こっちが必死に反対しても、結局は子どもの駄々と思われているのかもしれない。

上手くこちらの気持ちを伝えられないのがもどかしかった。

どうしてわたしは肝心な時には、いつも口下手になるのだろう。

そんな自分に腹も立てながらも決め手が見出せない以上、一旦はコミュニケーションを拒否することで時間を稼ぐしかなかった。

わたしは希墨に『信じて待っていて』と宣言した以上、なんとかして両親を説得しなければならない。

なのに突破口がまだ見つからなかった。

「……わたし、かなりピンチかも」

「まぁ将来振り返ったら、この親子喧嘩もいい思い出になるかもしれないじゃない」

支倉さんは明るい声で励ましてくる。

「今のところ最悪の思い出になりそうよ」

「そんな弱気なやつには、こうだ！」

支倉さんはいきなりわたしに抱きついてきた。

「これはッ、気持ちいい身体だ！　やわらかくてふわふわしている。抱き心地が最高」

「人の身体をまさぐりながら実況しないで！」

「これが希墨くんを骨抜きにしたのか。確かに病みつきになる」

「触り方がいやらしいんだけど！」

くすぐったくて身体をよじっても、彼女の手は離れない。

「うわ、おっぱい大きい。なにこれ夢の新素材ッ！」

明らかに声がはしゃいでおり、大胆さが増してくる。

「女同士だからって好き勝手しないで！」

「よいではないか、よいではないか」

悪代官がいる。背後から両脚もロックされており、ベッドから逃げ出せない。

「いい加減にしなさいよ！」

「後で私のも触らせてあげるから」

「そういう問題じゃない！」

激しい抵抗の末、わたしはなんとか支倉さんの魔の手から逃げ出した。ベッドは激しく乱れ、変に息まで上がってしまっている。お互いにズレたパジャマを直す。

また同じベッドに入るのが、ちょっと恐い。

「支倉さん、調子に乗りすぎ」

「ごめんってば。段々楽しくなっちゃって」

「楽しまないで！」

「ま、少しは気が紛れたでしょう？」

「……む。励ますなら、ふつうに話すだけにして」

「そうしましょう」

支倉さんの謝罪を受け、わたしは渋々ベッドに戻る。

それから夜遅くまでずっと話していた。他愛もない話題で笑い合い、すごく支倉朝姫という女の子を身近に感じられるようになった。

「もう、さすがに眠いかな」

「そうね。じゃあ最後にひとつ提案していい？」

わたしがあくびをすると、彼女は妙に改まる。

「なに？」

「そろそろ下の名前で呼んでもいい？　ヨルカ」

「――。じゃあ、わたしも朝姫って呼ぶね」


終業式の朝、教室で朝姫とお互いに下の名前で呼び合いながら挨拶をする。

そのやりとりを見ていた希墨は驚いて目を丸くしていた。

その表情が面白くて、ふたりで同時に笑ってしまう。

わたしと朝姫はようやく心地のいい距離感になれたのだ。

◇◇◇

二学期の終業式はつつがなく終わった。

体育館からぞろぞろと教室に戻り、通知表を配られて、冬休みの事務連絡を終える。

このあたりは我が二年A組はみんな協力的で毎度スムーズだ。

そして、教壇に立つ担任である黒髪の大和撫子・神崎紫鶴先生が締めの言葉を述べる段になった。

通知表の中身に一喜一憂し、年末年始の予定を話していた教室は、その気配をすぐに察してざわめきをすぐに収めた。

神崎先生は静かになったのを確認して、教室全体を見渡す。

「今日で二学期が終わります。冬休みが明ければ高校二年生も残りもわずか、来年はいよいよ受験になります」

神崎先生の綺麗な声が響く。

「――時間は誰に対しても平等に過ぎていきます。まだ志望校も定まっておらず、漠然とした不安を抱えている方も多いでしょう。ここで焦っても仕方ありません。まずは落ち着いて、この冬休みは自分の将来について今一度じっくり考えてみてください。大学の偏差値やブランドだけがみなさんにとっての正解ではありません。なぜならそれは他人が作った価値です。自分にとって意味のある進路を選ぶこと、その決断によって自分の人生は形づくられていきます」

いつも静かで落ち着いた口調の先生が、いつになく熱を帯びていた。

クラスメイトの誰もが真剣な表情で聞いている。

俺の置かれている状況が、まさに神崎先生の語っている内容そのものだった。

「大切なのはいかに自分が納得できるかです。そのために受験勉強という人によっては楽しいとは言えない努力の時間も必要になるでしょう。どうか我慢とは捉えず、全力で集中する訓練だと思ってください。その経験は確実に人生を支える底力になってくれます。決して無駄にはなりません」

教師の立場から大勢の生徒の生徒を見てきたからこそ、神崎先生は自信をもって言えるのだろう。

「みなさんは可能性の塊です。惰性や妥協に安易に流されず、挑戦を恐がらないでください。未来を自分から閉ざすのはもったいないです。勇気をもって人生を切り拓いていきましょう。繰り返します。みなさんには、勇気ある挑戦を期待します。そのことを胸に刻んで、どうか実りある年末年始をお過ごしください。みなさん、よいお年を」

その語り方は、神崎先生らしい説得力のあるものだ。

シンプルながら的を射た内容は、聞いているだけで胸に火が灯るような最高のエール。

それはクラスを見渡せば一目瞭然。

誰もが背筋が伸び、その言葉の意味を噛みしめた顔をしていた。

ほんとうに、よい先生だと思う。

俺が今年最後の号令をかけて、二年A組のホームルームは終わった。

「先生。ご相談があるんですが、この後お時間よろしいでしょうか？」

俺はタイミングを見計らって、神崎(かんざき)先生に声をかける。

「…………瀬名(せな)さんの方から来るなんて珍(めずら)しい。明日は雪でも降るんでしょうか」

先生は目を丸くしていた。

「ちょっと思うところがありまして」

「私は構いませんが、有坂(ありさか)さんをひとりにしても大丈夫(だいじょうぶ)なんですか？」

「ヨルカは今日お母さんとふたりで買い物に行くそうなので、もう帰りました」

「あぁ、ご両親が帰国されているんでしたね」

「アリアさんから聞いたんですか？」

「えぇ」

「じゃあ、例の話も先生の耳には入っていますよね？」

「例の話？」

「もしかしたらアメリカに行くかもしれないって話です」

俺は声を潜(ひそ)めて、おもむろに確認(かくにん)する。

「多少は」

「そのこと含(ふく)めて話を聞いてほしくて」

「わかりました。では、続きは茶室の方でしましょう」

先生はそう言って、先に教室を出ていく。

俺も後に続いて廊下を歩く。

「……瀬名さん、最近アリアとは連絡をとっていますか？」

ふいに先生がそんな質問をしてきた。

「文化祭以降は一度も」

「そうですか」

「どうかしたんですか？」

「いえ、なんでもありません」

茶道部の部室でもある茶室。

思えば、この茶室で先生とふたりで話すのは久しぶりだ。

畳の上で正座しながら先生が点てたお茶をもらい、お茶請けで羊羹をいただく。

「この羊羹、美味しいですね」

「最初は緊張してぎこちなかったのに、瀬名さんもすっかりリラックスしてますね」

「一年生の時から、ここに来るたびに無茶振りされましたからね。さすがに慣れました」

「何事も経験です」

「代理彼氏として先生のご両親に挨拶したこともですか？」

「あれはもう忘れてください」

「いやいや、俺のがんばりで先生もご両親との関係が改善されたわけじゃないですか」

「その件については感謝しています。ただ、瀬名さんの責任感の強さについては私も思い違いをしていたと、文化祭の時によくよく反省させられました」

神崎先生はわずかに目線を下げる。

「映なんか文化祭がずいぶんと印象に残ったらしくて、最近は永聖に入学したいとか言ってたんですよ。入学できたら面倒みてあげてください」

「どうしてアリアといい、瀬名さんといい、ご自分の妹の世話を私に任せるんでしょうね？」

「神崎先生がいい先生だからじゃないですか」

それだけは間違いない。

「――。ご入学をお待ちしています、とお伝えください」

「ありがとうございます」

「ぜひ妹さんには、お兄さんのような無茶をしない生徒になっていただければ嬉しいですね」

「俺が倒れたのは単なるキャパオーバーですし、演奏したのも自分の意志です」

「人の言いつけも守らずに無理をして」

神崎先生は深々とため息をつく。

「先生がさっき言ってたじゃないですか。勇気ある挑戦ってやつですよ」

「自分に都合よく解釈しないでください」

「終わってみればいい思い出じゃないですか」

俺は喉元過ぎればとばかりについ軽口を叩いてしまう。

だが、それが神崎先生の機嫌を損ねた。

「あなたは前日に過労で倒れていたんですよ！　なにかあったら、どうするんですか⁉」

先生の剣幕に、俺は身を固くする。

「それは、自業自得で……」

「大人が責任を負うのは、子どもを守るためです！」

先生が声を張り上げた。

大人と子ども。

その違いは、今まさに俺が抱えている問題に直結していた。

「ご心配をおかけしました」

「謝りはしないんですね」

「後悔はないので」

「勢いや情熱で突っ走れるのは若さの特権ですけど、自分を無敵と思い上がらないように」

「……周りにすごい連中ばっかりいるんですよ。そんな風には、とても思えません」

クリスマス・パーティーでみんなの将来を聞いて、俺は実際かなり気後れしていた。

時間が経てば高揚も醒める。

あのステージでの全能感はとっくに消えていた。

しょせんは高校の文化祭での一幕だ、と我に返って冷笑してしまい、未来に結びつく足掛かりさえ見つかっていない十七歳の少年であることに焦りばかりが募っていく。

「控え目ですね」

「どうせ俺は凡人ですから」

俺はもはや癖のようになっている自嘲をつい口にしてしまう。

「……私がどうして瀬名さんに、クラス委員をお願いしたと思います？」

「顎でつかいやすそうだから？」

「私をどんな暴君だと思っているんですか」

神崎先生は眉間に皺が寄る。

「無茶振りはしまくったじゃないですか」

「そのおかげで有坂さんと恋人になれたのですから相殺です」

神崎先生は珍しくカジュアルに切り返す。

教師と生徒の関係で貸し借りもなにもないと思うが、できるだけ対等であろうとする姿勢に好感が持てる。先生はやさしいよな。

「あなたの強みは大きくふたつあります。ひとつは自分で決めたことを、きちんと責任をもってやりきれることです。つまらない自嘲は自分の価値を下げます。誰に対しても臆することのない土台があなたにはあるから安心してください」

「はい」

先生の率直な言葉が、俺のやわな自信という名の背骨を正してくれる。

「ふたつ目は、人と人を結びつける人柄です。あなたはどんな相手にも合わせられる柔軟性と器の広さをもっています。そういう瀬名さんになら受け入れてもらえると、頼って慕ってくるんです。しかも努力するあなたに感化されて、他の方々もまた刺激を受けて成長していきます。瀬名希墨の影響力を侮ってはいけません」

なんだかジンと来てしまう。

この人に見守られてきたおかげで、俺は成長できた。

「瀬名さん。あなたは、ご自分が思っているよりずっと魅力的ですよ。七村さん、宮内さん、支倉さん、幸波さん、なにより有坂さんがあなたを慕っているのがなによりの証拠でしょう」

先生は、瀬名会の面々の名前を上げていく。

「ひとえに、神崎先生のご指導の賜物ですね」

「よく言いますよ。どれだけその生徒を想っていても、教師の言葉は大抵聞き流されるものです。実際、瀬名さんも無視してステージに立ちましたものね」

神崎先生は不満げだ。くどくどと我慢していたことを吐き出している感じだった。

「……ぐ」

そこについてはなんの申し開きもできない。

「私個人では応援していても、神崎紫鶴という教師は職業上あなたをステージに立たせるような発言はできませんから」

先生の言葉の棘が痛い。

今の俺はすごくバツの悪い顔になっているんだろうな。

神崎先生は、俺の表情を見て満足した様子だった。

「長い人生において教師は学生時代に出会う大人のひとりにすぎません。恩師と慕ってくれる生徒達もいますが、それはたまたま私と人間的に相性がよかったのでしょう。アリアはまさにそうなのだと思います。そして、大人の言葉がすべて正解とは限りません」

この人はどこまでも慎ましく、客観的であろうとする。

「俺は、そういう先生の生徒想いで誠実なところが好きですよ」

好きという表現が適切なのかはわからないし、いざ言ってみると妙に照れくさい。

教師に好きという言葉を送ったのは人生ではじめてだ。

それでも、これまでの感謝を伝えてみた。

「……私にとって瀬名さんが生涯忘れられない生徒なのは間違いありませんね」

神崎先生は今までで見たこともないほど、やわらかい笑顔を浮かべていた。

普段とのギャップに、ドキッとしてしまう。

ヤバい。年上女性の無防備な表情はかなりの破壊力があった。

鉄面皮の下の、見てはいけない素顔を覗き見てしまった背徳感にすら襲われる。

「瀬名さん？　どうかされました？」

「いえ、なんでもないです。いやぁーこの抹茶と羊羹の組み合わせは最高ですね」

誤魔化すように、残っていたものを一気に口へ放りこんだ。

すべて食べ終わると、俺は最後に立ち入った質問をぶつけてみた。

「先生ってズバリ、どんな相手と結婚したいですか？」

神崎先生が目を見開き、あたふたする。

無表情の仮面を常に被っているような人が本気で困っていた。

「な、なぜ瀬名さんが結婚の話を？」

「どんな大人になれば、ずっと好かれるかなって。やっぱり見た目ですか？　それとも財力？」

我ながら青臭い質問だと思う。

仕方ないだろう、十代の自意識なんぞ一年の半分は台風みたいものなのだ。

楽しい時は浮かれ、それ以上にしんどい時や苦しい時は世界がとても理不尽に感じられてしまう。

「どれも判断材料のひとつではありますが、大前提として性格が合うとか、やさしさではないでしょうか」

「女性が人生を預けたくなるやさしさはどうすれば身につきますか？　というか、やさしさって具体的になんですか？」

俺がグイグイと掘り下げようとするから、神崎先生はやや引き気味だった。

「なんなんですか⁉　アラサーの女子にとって結婚は繊細な話題なんです。子どもが無邪気にツッコまないでください‼」

すごく感情的に怒られた。どうも痛いところを押してしまったらしい。

「不安になってしまって、つい」

「いいですよ、生徒の悩みを聞くのは教師の役目です」

「参考までに、先生の好みの男性ってどんな人なんですか？」

「瀬名さんには関係ありませんッ！」

「じゃあ男女の機微を理解している先生でも、恋愛と結婚は別だと思います？」

「嫌味ですか？」

「真剣な悩みです」

わかりきったことだ。その質問は幼稚ですらある。それでも誰かに訊ねずにはいられない。

先生ならヒントをくれるのではないかと期待してしまう。

「結婚は家同士の問題──という言説がまかり通るのは、やはりそれなりに大変だからでしょう。病気の時、子どもが生まれた時などにセーフティーとして自分の家族の協力があるに越したことはありません」

自分が子どもだから、親になるなんて想像もつかない。

「……どうすれば俺も有坂家の新しい家族になれますかね？」

「焦る気持ちはわかりますが、高校生の段階でご納得いただくのは現実的に難しいでしょう」

「わかってますけどッ」

「そんな顔をしないでください。見ているこっちが心配になります」

「先生、今の俺にできることはないんですかね。俺は、ヨルカと離れたくありません」

結局のところ俺の願いはただ、それだけだ。

「言ったでしょう、瀬名さん。あなたはご自分が思っているよりも影響力が大きいのです」

神崎先生はいつもと変わらない、冷静な声で語りかける。

この人だけは俺の見えていない答えを知っているようだった。

「え？」

「あの頑なに心を閉じていた有坂さんを変えたのは、瀬名さんです。あの子が今のように学校で楽しそうな顔ができるようにしたのはアリアでも私でもありません。それだけは誰も真似できません。客観的で、絶対的なものです」

「俺が、ヨルカを変えた……」

「瀬名さん。あなたは、ふつうという言葉に囚われすぎです。自分にとっての当たり前が、実は最大の武器であることにもっと自信を持ちなさい」

この時の神崎先生の助言を、俺は一生涯忘れない。

俺の人生において最高の教師は間違いなく神崎紫鶴だった。

第五話　言わなきゃはじまらない

二学期の終業式が終わり、短い冬休みに入る。

気づけばもう大晦日だ。

毎年のことながら、年の瀬は忙しなくて落ち着かない。

ヨルカとは毎日連絡こそ取り合っているが、帰国中の親御さんとの予定を優先しているので最近は顔を合わせていない。

学校で毎日のように会っていた恋人の顔を見れないのはさびしいが、普段会えない分できるだけ家族一緒の時間を過ごした方がいいと思う。

アメリカ行きの件について進展したという報告はまだない。

また、俺にとって落ち着かない理由がもうひとつある。

クリスマス・パーティーの夜のキッチンでのヨルカとの会話が尾を引いているのだ。

いよいよ大人の階段を上るかもしれない。

ヨルカの言葉や態度から、その予感はかつてないほど明確になりつつある。

おかげで頭の中がすっかりピンクだ。

期待と緊張が交互に訪れ、想像力が完全に誤作動している。よからぬ妄想が勝手に広がってしまい、気もそぞろ。

ここまでの情緒不安定はヨルカの告白の返事を待っていた春休み以来だ。

悩める俺は大掃除に没頭することにした。自分の部屋のみならず家中に手を伸ばして、汚れと共に自分の邪念ごと消し去ろうと努める。目につく汚れはもちろん、隠れた場所まで徹底的にだ。高いところのホコリを落とし、窓やガラスをピカピカに磨く。

「きすみくん、また変になってる。ヨルカちゃんのこと考えているの？」

映はもはや見慣れたとばかりに呆れていた。

俺も取り繕わない。

「その通りだから放っておけ」

「ママが買い出しに行ってきてだって。ついでにお昼も外で食べてきなさいって」

「俺は換気扇の掃除で忙しいんだ」

「もう綺麗になっているよ。さっきからずっと手が止まっているよ」

「……あぁ、ホントだ」

換気扇の羽根についた油汚れはすっかり落ちていた。

キッチンにいたせいで、意識はどうしようもなく十二月二十五日に引き戻されていた。

「あと、きすみくんがキッチンを空けてくれないと、おせち作れないんだって」

「それは一大事だな」

「うん。おせちのないお正月はさびしい」

映はシリアスな顔で同意する。

俺は手早く片づけをしてキッチンを明け渡すと、映と一緒に家を出た。


外に出るとお昼にも拘わらず、冷たい空気が頬を刺す。

鼻の奥がツンとして、吐く息が白く染まる。

ここ数日で、また一段と寒くなった。

俺は思わず肩を竦めて、ヨルカから貰ったマフラーを巻き直して口元を埋める。

となりを歩く映はコートに手袋、ニットキャップを被って全体的にモコモコしていた。

「ねぇねぇ雪降らないかなぁ。積もったら雪だるま作りたい！」

「これ以上寒いのはしんどいって」

妹の無邪気な希望に、思わずマジレスしてしまう俺。

だって絶対手伝わされるのが目に見えている。寒い中で楽しく雪遊びをできるお年頃はとっくに過ぎてしまったのだ。

「きすみくん、気合いが足りないよ」

気合いの問題なのか。雪遊びもずいぶんハードになったもんだ。

「じゃあ紗夕（さゆ）も呼ぼうぜ。近所だから来てくれるだろう」

こういう時は近くて便利な親しい後輩（こうはい）だ。巻きこめる相手は積極的に声をかけるに限る。

「賛成！　紗夕（さゆ）ちゃんがいれば、大きな雪だるまを作れるね！」

「どんだけデカくしたいんだよ」

「身長くらい。できれば、かまくらも」

「かまくらはさすがに難しいだろう。東京で雪を待つより豪雪地帯（ごうせつちたい）に行った方が確実だ」

「パパにお願いしてみる。スキーも滑（すべ）りたいし」

はい、冬の間に家族でスキー旅行が決定だな。

娘（むすめ）のお願いには死ぬほど甘いのが父親である。

いや、瀬名（せな）家の場合はね。

住宅街を抜（ぬ）けて、見慣れた駅前に着く。

三十一日にも拘（かか）わらず人の数は多く、どこか忙（せわ）しない。

俺は、この無闇（むやみ）に急（せ）かされる感じはなんとなく嫌（きら）いじゃなかった。

年内のやり残しにどう決着をつけるか、諦（あきら）めて来年に後回しにするかという葛藤（かっとう）。

楽しいことがあっても年を越（こ）せばリセットされてしまいそうなわずかな寂寥（せきりょう）。

逆に来年はきっと上手くだろうという淡（あわ）い期待。

　こういう年末の落ち着かない空気感に浸りながらこの一年を思い返すのは、一種の精神的な大掃除なのかもしれない。

　だが、来年はこうした情緒的な年末年始を送るのは難しいだろう。

　自分の横を、受験生らしき他校の高校生がどこか張り詰めた表情で通り過ぎていく。足早に歩きながらも手元で開いた英単語帳に視線を落とす。

　それは、来年の自分の姿だった。

　受験生にとっては今は心身共に気の抜けない時期だ。

　健康に気を遣いつつ、寸暇を惜しんで勉強に明け暮れているのだろう。

　その背中に心の中でエールを送る。

「さて、映。お昼にはなにを食べたい？　お腹の空き具合は？」

「ペコペコ！」

　となりを歩く妹も、年末の空気に浮き足立っている。いつも以上に元気がいい。

「母さんから予算は多めに貰っているから、遠慮しなくていいぞ」

　さぁ好きなものを言え、と俺が促す。

「ラーメン！」

「今日の夕飯は年越しそばだから麺が続くぞ」

「じゃあフライドチキン！」

「クリスマスにたらふく食べたばかりじゃん」

「きすみくん否定しすぎ〜〜」

「あくまで意見を言ったまでだ」

「そんな風に冷たいと、ヨルカちゃんに嫌われちゃうよぉ」

映は生意気なことを言ってくる。

「小学生が知った口を利くな。あと、俺はヨルカとラブラブだ」

「きすみくん、ヨルカちゃんのことばっかり」

「そりゃ妹より恋人だろう」

「ひどい！」

ガーンとショックを受けた顔で、映は恨みがましそうに見上げてくる。

「どうせ映も何年か経てば俺を鬱陶しく感じるんだから、この機会にいっそ兄離れしてくれ」

「映はきすみくんのこと好きだもん！」

「はいはい、ありがとう」

「お礼はいいから、やさしくして！」

そう言って、映は俺の腕にしがみついてくる。

「体重をかけるな！　重い！　肩が外れる！」

往来でもお構いなしに映は俺の腕にぶら下がろうとしてきた。

「映、そんなに重くないもん」

ぐらりと身体が傾き、身動きがとれなくなる。映の尻が道路につきそうになっても離れようとしないから困ったものだ。

「わかったから！　とにかくメシを食べに行くぞ」と映を腕から振り払う。

「ならきすみくんがお店を決めてよ」

「あ〜、中華でも食うか？」

「ラーメンと大差ないじゃん！」

「酢豚とかチンジャオロースとか、定食で色々選べるだろう」

「ご飯の気分じゃない」

「パスタとかは？」

「それも、麺ッ！」

「なら、そこのカフェでサンドイッチやホットドッグ」

「パンは朝ごはんに食べたよぉ〜〜」

「おまえだってぜんぶ否定してるだろう」

映は俺のあらゆる提案を次々に却下してきた。

狙っているのか、と思うくらいに同じことをそっくりそのままやり返される。

大晦日で休みのお店もあるにしても、駅前にはチェーン店から定番まで選択肢は揃っていた。

だが、食欲が迷子だ。

俺は今、なにを食べたいのか。今年最後の昼食でもあるから、あまり妥協したくない。

「ねぇ、もっとアイディア出して？」

映は当然のように要求してくる。

「……おまえさ、将来誰かとデートする時には要望を具体的に伝えてやれよな」

「どうして？」

「他人は、おまえの欲しいものを簡単に当てられないからだ」

妹には代案を出さず否定しかしない七面倒くさい女にはなってほしくない。

デート中に食事の場所が中々決まらないと焦るし、空腹時なら機嫌だって悪くなる。

その点、ヨルカとは最初から気が合っていたのか、店選びで揉めたことがない。

お腹が空いたら、目についたところで適当に入っても楽しく食事してきた。

そういう意味でも俺とヨルカは相性がよかったのだろう。

付き合うようになって、それをさらに実感した。

「だって、きすみくんなら当ててくれるもの」

あれだけ文句を言う割に、この妹の俺に対する全幅の信頼は揺るぎない。

「──。それは俺がお兄ちゃんだから、例外」

俺より七つも年下の妹だから、生まれた瞬間から知っている。

両親の子育ても手伝い、それこそオムツを代えて哺乳瓶でミルクを与え、遊び相手となり、今日までずっと世話をしてきた。

自慢じゃないが、映のことは大体わかっているつもりだ。

「じゃあデートは、きすみくんとするからいいよ」

妹はそんなことを言う。

俺は吹き出しそうになる。

なんやかんやと、俺も妹がかわいいのだ。だから大抵のわがままには付き合ってやれる。

まぁ、こうして振り回されているうちが華だ。

数年もすればこうして出歩くことも減るし、お兄ちゃんクサイとか言われ出すのだろう。

……想像しただけで腹立つな。

そうして店が決まらないまま駅前でウダウダしていると、あの人に出会った。

「あれ、スミくん。それに映ちゃんも」

俺達が声の方に振り返ると、目の覚めるような美人が立っていた。

「――――ッ、アリアさん⁉」

不意を突かれた俺は素っ頓狂な声を出してしまう。

心臓がドキリと跳ねて、緊張する。

俺の恋人の姉、有坂アリアがそこに立っていた。

「なによ、声を裏返しちゃって。そんなに驚かなくてもいいでしょう。失礼しちゃうな」

アリアさんは、いつもと変わらず気さくな態度で近づいてくる。

だが俺がなによりも驚かされたのは、アリアさんの激変ぶりだった。

「そ、その髪、一体どうしたんですか⁉」

「気分転換にイメチェンしてみたの。どう似合う？」

アリアさんはあんなに長かった髪をバッサリと短く切っていた。

◇◇◇

「アリアお姉ちゃん、こんにちは！」

映は嬉しそうにアリアさんに飛びつく。

「映ちゃん、久しぶりね」

恋人の姉と俺の妹は、まるで年の離れた親友同士のように気さくに挨拶を交わし合う。

ほんと、いつの間にそんな仲良くなったんだ。

「ショートもかわいいね！」

「ありがとう。こんな短くしたのは人生初だから落ち着かなくて。だけど映ちゃんが褒めてくれて一安心したよ」

ヨルカと同じ血を引く美しい姉は、俺が中学時代に通っていた学習塾で講師のアルバイトをしていた。アリアさんのスパルタ指導のおかげで、永聖に合格することができた。

いわば恩人である。

だが、アリアさんの大胆なイメージチェンジに呆然としてしまう。

俺にとってはかなり衝撃的だった。

それこそ恋人の姉だと知った時に匹敵する驚きだ。

「なによ、そんな鳩が豆鉄砲を食ったような顔して。スミくん、ジロジロ見すぎ」

「驚きすぎて、若干動揺しています」

俺の狼狽っぷりに、アリアさんは怪訝な顔になる。

「で、感想は？　できれば褒め言葉だと嬉しいんだけど？」

「それはもちろんすごく素敵ですよ。ショートヘアもよく似合っています。今までのイメージとガラリと変えてきたから、一瞬別人かと思いましたよ」

「男子にお披露目はスミくんが初だよ。さすが、持っているねぇ」

「すごいタイミングだな」

しかも地元でアリアさんと会うとは思わなかった。

「フフフ。昨日は髪切ってから、紫鶴ちゃんの家で忘年会してそのまま泊まっていたの。今はその帰り」

「相変わらず仲がいいですね。それで大晦日にこんなところにいるんですね」

アリアさんも永聖高等学校の卒業生であり、在学中の担任が神崎先生だった。今は仲のよい友人として付き合いが続いている。

元担任から小学生の妹まで仲良くなれるアリアさんのコミュニケーション能力はすごい。

そういえば、映も人見知りせず相手の懐に入るのが上手いタイプだ。

……あれ、ふたりってちょっと似ているのか。

将来的に映がアリアさんみたいになるのは頼もしいけど、末恐ろしいな。

「毎年ふたりで忘年会していて、実家に帰りたがらない紫鶴ちゃんの愚痴を聞いてあげないと、あの人帰省できないのよ」

「神崎先生でも、そんな風にごねるんですね」

学校では一分の隙も無く、知的で冷静な佇まいの神崎紫鶴先生。

「紫鶴ちゃんって他人事には潔いけど、自分のことになると割とイジイジしがちだから。ま、今年は誰かさんのおかげで例年よりマシだったけど」

「その無茶振りしてきたのは他ならぬアリアさんでしょう」

七月上旬、突然学校にやってきたアリアさん。帰りがけの俺を連れて、お願いがあると頼まれたのが代理彼氏として神崎先生のご両親に会うことだった。

明らかに生徒のできる範疇を越えたお願い。

頼む方も頼む方だが、引き受けた俺も俺だ。

昔からアリアさんの指示には逆らえないところがある。

「きみは断らなかったじゃない」

「神崎先生に辞められたら俺も困りますから」

「担任のピンチを救えたのは、教え子としても名誉なことでしょう」

「通知表は大きく変わり映えしてませんでしたけどね」

とはいえ、二学期の期末テストの成績がよかったので多少はよくなっていた。

「紫鶴ちゃんは不正しないけど、心証は間違いなくアップしているよ」

「俺は文化祭では言いつけを守らず病院を抜け出した問題児だからなぁ」

「そこは私も共犯者だからノーコメント」

「アリアさん。あの時は、どうして来てくれたんですか？」

アリアさんがクルマを運転して、俺の入院していた病院まで迎えに来てくれたおかげで本番のステージに滑りこむことができた。

実は世話焼きな人だから、俺も頭が上がらない。

「私もずっとライブを楽しみにしてたからね」

「ご満足いただけましたか？」

「うん。あんなにギターが巧いなんて知らなかった」

「そりゃ、ぶっ倒れるくらいには夜遅くまで練習しましたからね」

家での自主練習の休憩中、文化祭実行委員の件で質問があるからとアリアさんに電話をかけたりもしていた。そうしたやりとりの中で俺の無理にも気づいていたから、アリアさんは病院までクルマで迎えに来てくれたのかもしれない。

病室のベッドで目覚めた時の、あの絶望感は二度と味わいたくない。

だからこそ絶妙なタイミングで現れてくれたアリアさんには感謝してもしきれなかった。

「――カッコよかったよ」

「……、どうもです」

アリアさんは真面目な顔で褒めるから俺も反応に困ってしまった。

会話が途切れ、どこか気まずい沈黙が訪れる。

適当な話題を探そうと足元に視線を彷徨わせると、足元がいつもと違うことに気づく。

「今日はタクシーじゃなくて電車で帰るんですか？」

アリアさんと言えば、移動は基本クルマのイメージだった。

ヒールの高い靴ではなく、わざわざ歩くのを想定してスニーカーを選んだのだろう。

今日のコーディネートも全体的にカジュアルだ。上質で落ち着いた色のマフラーを巻き、高級ブランドのコートを羽織る。下にはセーターとロングスカートというシンプルな服装。

着飾らないからこそ、本人の魅力が全面に押し出されている。

その佇まいはプライベートのモデルのような印象で、一般人とは一線を画す。

化粧もいつもより薄く、ヨルカとの顔立ちの近さをさらに実感する。

知っていたつもりだが、久しぶりに会うと恐ろしく美人だと再確認させられた。

「最近は歩くようにしているの」

「ダイエットでもはじめたんですか？」

「失敬な。私は、そんな必要ないくらい今もナイスバディよ」

「自分で言えちゃうんだから敵わないなぁ」

「疑うなら確認してみる？」

アリアさんはポケットに手を入れたままコートの前を開く。

ウエストのくびれを見ればスタイルのよさは一目瞭然。服装で誤魔化さないからこそ隠し切れない素材の魅力がよくわかる。

同時にその決めすぎない格好は、俺が塾で教わっていた頃を思い出させる。

あの頃のアリアさんは今と違ってぜんぜんオシャレじゃなかった。ファッションにも頓着がなく、化粧も面倒くさがって眼鏡にマスクで常に顔を隠していた。

アリアさんの素顔がこんなに美人とは、今以上にガキだった俺が気づくわけもない。

「ヨルカに殺されますってば」と俺は苦笑するしかない。

「ま、私の下着姿をもう見ているもんね。スミくんのエッチ」

「あれは事故でしょう！」

はじめて有坂家に訪れた時、ソファーで眠っていた下着姿のアリアさんが俺をヨルカと勘違いして押し倒した。中々に強烈な再会である。

「はぁ。一瞬でも身構えた自分がバカみたいですよ」

そう、アリアさんがいきなり目の前に現れて、俺はずいぶんと緊張していた。

「顔合わせたのは文化祭以来だもんね。あれから連絡もくれないし」

「たまたまですよ」

「よかった。なんか気まずい理由でもあるのかと思った」

アリアさんはニッコリと笑う。

やたらと圧の強い笑顔で俺は喉元で出かけていた言葉を再び呑みこむ。

本人がそう言うのなら、俺達の間で気まずい理由は存在しない。

「えぇ。これまで通り、なにも変わりません」

俺も緊張を解く。

「……ふたりとも、なんか変だよ？」

映が不思議そうに俺とアリアさんを見比べる。じーっと表情を観察して、なにかを読み解こうとしていた。

「そうだ！　立ち話も寒いから、ファミレスにでも入らない？　私がおごるからさ！」

「大晦日にいいんですか？　今日から家族で修善寺の温泉に旅行ですよね」

「お昼を食べるくらいの時間はあるよ」

アリアさんのおかげで、昼食の行く先がようやく決まった。

それ以上に、このタイミングでアリアさんと再会したのもなにかの縁や導きだ。

折角だから、有坂家のことについて詳しく話を聞きたかった。

◇◇◇

近くのファミレスまで移動すると、上手いこと待たずに席につけた。

注文を済ませて、ドリンクバーの飲み物を飲みながら料理が来るのを待つ。

映はひとりでいくつも飲み物を一度に並べて、飲み比べしていた。

わかるよ、せっかくのドリンクバーなら色々飲みたいよな。

「それにしても、文化祭でプロポーズするなんて気が早いよね。婚姻届も出せない年齢でしょうに。次は、うちの両親へ挨拶するつもり？」

アリアさんはふと零す。

「必要とあらば今すぐにでも行きますよ」

「度胸あるぅ」

「どうせ遅かれ早かれの話ですし」

「高校生の恋は真っ直ぐすぎて、私にはちょっと重いなぁ」

アリアさんは眩しそうに目を細める。

いつも煙に巻く言い方で余裕のあるアリアさんだが、今日はそういう雰囲気がない。

俺もなんとなく、いつもの距離感がとりづらい。

髪を切って印象がガラリと変わったせいもあるのだろう。

それこそアリアさんとはヨルカよりも長い付き合いなのに、初対面の人と話しているような気分になってしまう。変な話である。

「アリアさんは、俺がヨルカの相手じゃ不服ですか？」

ただでさえ逆風が吹いているのに、さらに反対派が増えたら悲しい。

「あんまり早く妹を連れていかないでよ。私もまだ姉妹の時間を大切にしたいんだからさ」

アリアさんは姉らしい表情で、かわいらしいことを言う。

「心配しなくても、あのヨルカがアリアさんから離れるわけないでしょう。ふたりの仲に割って入れるほど、傲慢じゃありませんから」

「どうだろうね。むしろ、妹離れできていないのは私の方かも」

「またそうやって、意味深な言い方をする。アリアさんの悪い癖、治ってませんね」

「スミくん、私には厳しいよね」

美人が不満そうに、ジッとこちらを見据えてくる。

「アリアさんを警戒するのが癖になっているんですよ。スパルタ指導の弊害ですかね」

「きみが永聖に合格したいなんて言わなければ、もっと手を抜いていたわ」

「逆に居残りとかよく付き合ってくれましたよね。アルバイトなんて早く済ませて帰りたかったんじゃないですか？」

「んー案外そうでもなかったよ。別にバイト代目当てで塾講師していたわけじゃないし」

アリアさんは過去を思い返して、楽しげな表情を浮かべていた。

「物好きですね」

「そもそもパパとママが離れて暮らす娘達が心配だから、生活費と称して必要以上に渡してくるのよ。まぁ、ありがたい限りだけどね」

俺と映は思わず顔を見合わせる。

急にこちらが黙るから、アリアさんは不思議そうな表情を浮かべた。

「なに、なんか変なことあった？」

「アリアさんってご両親のことを、パパとママって呼ぶんだって。なんかかわいいですね」

「映もパパとママって呼ぶよー！」と、小学生が同調する。

「――ッ、昔の癖が抜けないだけよ」

「いやいや欧米スタイルでいいんじゃないですか。それに女の子ですし」

「年上をからかって楽しい？」

「そりゃ楽しいに決まっているじゃないですか」

俺は堂々と認める。

昔は一方的にいじられていただけだから、ちょっとした仕返しだ。

「生意気ばかり言うと、きみの味方をやめるよ」

と、こちらが油断していると、すかさず鋭いムチが飛んでくる。

「ごめんなさい。それだけは困ります」

アリアさんを敵に回せば百害あって一利なし。

「真面目な話、高校で付き合ったカップルが結婚する確率は、かなり低いと思うよ」

「恋愛に数字を持ちこまれたら、俺は最初から告白を諦めていますよ」

「スミくんって、ヨルちゃんからＯＫを貰える根拠があったの？」

「まさか。校舎裏の桜の恋愛成就効果を信じただけですよ」

誰が言い始めたかもわからない。

どの学校にもひとつはある告白スポット。

永聖高等学校で語り継がれるのは、校舎裏にある桜の木の下。

俺もヨルカへの告白であやかったのだが、その発端はなんとアリアさんだった。

「私が告白を断った場所が、後輩達の告白スポットになるとか変なの。縁結び効果なんて欠片もないはずなのに」

当の本人は興味なさそうに乾(かわ)いた笑いを浮(う)かべる。

実態は、一度その場所に告白成功のイメージが定着すると同じように告白する人の数が増えて、その成功例が告白スポットとしての評判を高めたというカラクリだろう。

誰(だれ)も実数を計測していない以上、その成功率はいかほどのものか。

人間は都合のいい解釈(かいしゃく)をしたい生き物だ。

「ねぇねぇ、なんの話？」

映(えい)が興味深そうに訊(たず)ねる。

「永聖(えいせい)には告白スポットで有名な桜の木があるんだよ。俺もそこでヨルカに告白したんだ」

「告白に成功するなら桜の木より、きすみくんの方が絶対に上だよね！」

俺が答えると、我が妹は独自の意見を述べる。

「お、映(えい)ちゃん。気になることを言うね。具体的に、どうスミくんの方が上なの？」

アリアさんも食いついてくる。

「桜の木の下だと、すぐに返事が貰(もら)えるわけじゃないんでしょう？」

映(えい)は質問に対して、妙(みょう)な確認をしてきた。

「まぁ、桜の木の下は告白が成功しやすい場所ってだけで、返事のタイミングまで決まっているわけじゃないな」

俺はあまりにも当たり前すぎることとしか言えなかった。

「それなら、きすみくんがヨルカちゃんにプロポーズしたみたいに他の人も文化祭のステージで告白すれば、すぐに返事も貰えるかもね！」

映は、閃いた！　とばかりに表情を輝かせていた。

「なるほど。告白の成功率に加えて、返事の速度が映ちゃん的には大事なんだ」

アリアさんは映の意図を即座に理解する。

逆に俺は妹の思考の飛躍に追いつけていない。

「なんで桜の木から文化祭のステージが出てくるんだ？」

「だって、ヨルカちゃんの返事を待っていた時のきすみくんってすごーく変だったんだもの。ちょっと恐かった」

映はウゲーと顔をしわくちゃにした。

「要するにね、映ちゃんはスミくんみたいに告白の返事待ちで悩める人を減らしたいわけ。お兄ちゃん想いな妹がいて、スミくんは幸せ者だね」

アリアさんが翻訳して、俺はやっと妹の考えを掴んだ。

告白の成功確率を上げること以上に、すぐに返事も貰えた点が映としては重要らしい。

「……そんな妹のトラウマに残るくらい俺は不審だったのか」

「返事はすぐに貰える方が、みんなも嬉しいと思うの！」

映はノータイムで頷く。

そりゃまぁ告白の返事を待つ時間は、天国と地獄が交互にやってきて落ち着かない。人生で告白の経験がある人なら理解してもらえるだろう。

「ただ、それは俺とヨルカが両想いだからであって」

俺は妹の意見に補足を加える。

別にステージ上で想いを打ち明ければ、即返事が貰えるというものではない。

しかも俺が叫んだのは告白ではなくプロポーズ。

交際ではなく、結婚を求めた。まったく別次元の話である。

しかもネタでも冗談でもなく、本気も本気なのだ。

ステージでプロポーズをしておいて、昔のようにヨルカに逃げ出されていたら俺は学校一の残念な男になっていただろう。
○を貰えて、ほんとうによかった。
「文化祭のイベントとしては結構面白いと思うよ。ステージ上でのガチ告白＆スピード返答。真剣な人限定の待たせない恋愛。笑いも冷やかしもなし。いいね、どれだけのカップルが生まれるのか興味あるな」

アリアさんはナイスアイディアと小さく拍手をした。

「あとは、そういう真剣な人を絶対にいじったり笑わない空気つくりを先にしておくのが一番大事かな。告白した人の勇気をまずみんなで讃え、失敗しても慰め、成功すれば全員でお祝いする」

小学生の一言から、企画の骨子を秒で組み、さらに注意点まで洗い出す。その頭の回転速度には舌を巻く。

「アリアお姉ちゃんなら、どうやって準備する？」

映はいつになく真剣な顔で質問する。

「んー私なら生徒会長していたし、自分で先にそういう空気になるように誘導しちゃうね」

美人で賢い、カリスマ生徒会長ならではの手段である。

「じゃあ映も生徒会長やる！　面白いことする！」

「うん。映ちゃんならできるよ」

ふたりはハイタッチを交わす。

アリアさんって映と妙に波長が合うよなぁ。

「恋愛成就のご利益と、効率を混同するとバチがあたりません？」

ちょっとしたジェラシーから俺は野暮なことを言う。

「いいのよ。大事なのは結果以前に、告白のきっかけをくれることでしょう」

「そこは確かに、はい」

恋する者が最初に欲しいのは告白する勇気なのだ。

他ならぬ俺が否定できるわけもない。

「それにバッサリ振られた方が、次の恋愛にも進みやすいでしょう」

振るのが大前提の発言であるあたり、この人もモテたのは疑うまでもない。

よっぽど大量の告白を断ってきたのだろうな。

「そりゃ待たされる方からしても即答はありがたいですけど、返事をする側も悩む時間くらいは欲しいんじゃないですか？」

アリアさんと俺で、映のアイディアについて細かく議論していく。

「んー即答できない時点で、そこまで好きとは言えないんじゃない？」

望み薄、とばかりにアリアさんはあっけらかんと答える。

ドライだ。その感覚はあまりにも厳しい。

「返事をするって、答える側も好きを決めるってことじゃないですか。悩んだり、恥ずかしがってしまうのも当然でしょう」

恋する十代男子は、どこかで女子との関係に可能性を感じていたいのだ。

事実、ヨルカがその場で即答できなかったのは俺と両想いであることが嬉しすぎて舞い上がってしまったからだ。

そのせいで俺は春休みに苦しむ羽目になったわけだが、ＯＫが貰えれば結果オーライだ。

「恋愛ってつくづく面倒くさいなぁ」

アリアさんはお手上げとばかりに、音を上げた。

「告白する側は大博打をするんです。成功率を上げられるなら藁にも縋るし、告白スポットにだってあやかりますよ」

俺は全国の恋する少年少女達を代表するように声を大にして主張した。

恋愛経験を積めば、告白のハードルも下がるのだろう。

先に無理だと察すれば、告白をすることもない。

親しくしている中で相手の好意を確信し、わざわざ告白せずとも恋人関係に変わっていることもあるだろう。

それでも好きな人に自分の想いを告げる尊さは、確かにある。

期待と不安に振り回されながらも、勇気を出して自分の気持ちを伝える。

告白という儀式を通じて自分の言葉にすることで、気持ちがより明確になるのだ。

「私、オカルトや験担ぎは信じないタイプだからさ」

「それでも、言わなきゃはじまらないんですよ」

それが瀬名希墨の基本的な行動原理だ。

「……そうだね。きみとはじめて会った時も、合格したいって私に宣言してたもんね」

アリアさんは口元に手を添えながら、小さく笑った。

話が盛り上がり、肝心の有坂家に関する話は一向に進んでいないことに気づいた。

第六話　人生は愛を試す

食事を終えて、映がトイレと新しいドリンクを取りに席を立つ。

ふたりになったタイミングを狙って、俺は例の件をアリアさんに切り出した。

「ヨルカは『信じて待っていて』って言ってましたけど、アメリカ行きの話って実際どうなりそうですか？」

俺は、余程深刻そうな顔で訊ねていたのだろう。

アリアさんは澄ました顔で呟く。


「人生は愛を試すね」


「仰る通り」

俺はアリアさんの言葉に、しみじみと頷く。

「好きの気持ちだけで、ぜんぶ上手くいけば楽なのにさ」

「アリアさんでも、そんな風に思うんですね」

「誰にでもあるでしょう。家族への愛、恋人への愛、友達への愛、色んな形の愛があり、嫌いになったわけでもないのに離れ離れになってしまう。卒業、進学、就職、結婚、死別とか数え切れないタイミングが人生には溢れている」

その言葉は、ちょうどナーバスになっている俺には強く響いた。

「で、今の状況は？」

「可能性はまだフィフティ・フィフティかな。ヨルちゃんもまだパパと話していないから進展はなし。さすがに、温泉旅行で話し合うんじゃない」

「……アリアさん、なんか他人事ですね」

「私は今三年生でしょう。来年度には大学を卒業だもの。このタイミングで今さら海外に行く意味も理由も特にないし」

「確かに」

言われてみればその通りだ。

二十一歳で大学三年生であるアリアさんは、来年度には卒業する。就職活動なり、単位のこともあるだろうから、日本を離れるデメリットが明確にあった。

ご両親も優秀な長姉をわざわざ留年させてまでアメリカに連れていかないはずだ。

反対にヨルカは十七歳。これから大学時代を丸々アメリカで過ごせる時間的余裕がある。

「だから今回は、ヨルちゃん自身がどうするかって問題なの」

「俺は、てっきりアリアさんがヨルカをフォローしてくれると思ってました」

この頼りになる姉なら、妹のために一肌脱いでくれると期待していた。

「……昔みたいになるのが恐いのよ。だから、私は口を出せない」

アリアさんの表情が翳る。

俺はこんな風に浮かない顔のアリアさんをはじめて見た気がした。

「どういう意味ですか？」

「スミくんはさ、ヨルちゃんから家族が別々に暮らすようになった経緯をどう聞いている？」

「アリアさんと話し合って、ご両親を送り出したと」

「ヨルちゃんはそんな風に覚えているんだ」

「え、違うんですか？」

「事実だけ見れば、その通りよ。私とヨルちゃんで話して、パパとママをアメリカに行かせてあげようって結論にはなった」

「アリアさんの目から見たら、実際はどういう状況だったんです？　親子が離れて暮らすことって一大事じゃないですか」

その一連の回りくどい言い方が気になった。

どうもヨルカの認識が、アリアさんとは微妙に異なっているようだ。

「私もパパやママと離れるのは、もちろんさびしかったよ。だけど日本には友達がいるし、現実的にアメリカでの生活は大変になるとは言われていた。その上で両親の足枷にもなりたくなかったんだ。やりたいことがあって、それができるチャンスに恵まれたなら応援したかった。それに、姉妹だけで日本に残っても、私ならヨルちゃんの力になれる自信があった――いや、過信していたんだ」

　アリアさんは唇を歪める。

「きっと、ヨルちゃんは私の意見に流されちゃったと思うのよ。あの頃、十四歳の私と十歳のヨルちゃんでは、今以上に大きな差があった。まだまだ親に甘えたい年頃なのに、あの子は自分のさびしさや不安を我慢して、私に合わせてくれたんだよ」

　いつになく暗い声で、まるで悪いのは自分であるような発言をする。

「アリアさん、それは違いますよ」

「え？」

「ヨルカは、アリアさんを大好きだからこそ同じ結論を選べたんです。親と離れる不安より、姉と一緒にいられる安心感があるからご両親を応援できたんですよ」

　有坂姉妹の揺るぎない信頼関係を、俺はよく知っている。

「そうだと、いいけど……」

　アリアさんがいつになく自信なさげだ。

　その理由に、俺はすぐに思い至る。

「もしかしてヨルカが、アリアさんの真似をするようになったのはご両親がアメリカに行った後からですか？」

「きみは、ほんとうにヨルちゃんのことをよくわかっているね」

アリアさんは頷く。

「アリアさんが、そんな弱気になるなんてヨルカの件しか思い当たらないので」

「姉妹ふたりとも心の内を把握されているって、ちょっと恐いんだけど」

アリアさんは無理に笑った。その笑顔はまだぎこちない。

「悪用するつもりはないからご安心を」

「私達を手玉にとっている時点で、きみは悪い男だよ」

「心外だな」

こんな美人姉妹を俺が支配できるわけがない。

見たいのは明るい表情だけだ。暗い表情になってほしくないし、させたくない。

「私は力になるどころかアドバイスを求めてくるあの子に、『私の真似はもうやめて』と遠ざけてしまった。ヨルちゃんの真っ直ぐさが、あの頃の私には想像以上に重かったのよ」

アリアさんは長いまつ毛を伏せながら話を続けた。

この人はなんでも人並み以上にできるのに、できなかったことを長く引きずる。

アリアさんなりに理想の姉たらんと人知れず背伸びをしてきたところもあったのだろう。

俺は遅まきながらにやっと気づく。

「誰も、他人と同じにはなれませんよ。たとえ仲良しの姉妹であっても」

もともとコミュニケーションに苦手意識のあったヨルカ。

社交的で明るいアリアさんに憧れた昔のヨルカは、姉の振る舞いを真似しようとしていた。

姉妹で能力こそ変わりないが、ヨルカとアリアさんでは気質が大きく違う。

そのギャップによるストレスを抱えたヨルカは、大好きな姉にアドバイスを求め続けた。

だが、当時のアリアさんは、妹の憧れや期待に応えきれなかった。

それは、どちらが具体的に悪いというものではない。

誰もが大人と子どもの狭間で苦しむ。

「でもヨルちゃんは私の真似をやめてくれた代わりに、他人とのコミュニケーションまで諦めちゃったんだよ。やっぱり、責任は感じちゃうって」

ヨルカは、他人とのコミュニケーションを拒絶することで精神の安定を得た。

極端な転換に思えるが、自分の気質に逆らわないのはむしろ正しい選択だ。

下手に我慢を続けるより、いっそ諦めた方が楽になれることもある。

それでも姉が大好きなところだけは揺るがないのがヨルカらしい。

永聖で俺とはじめて出会った頃のヨルカがまさにその真っ只中だった。

俺が嫉妬してしまうほど、この姉妹の絆は強い。

「アリアさんが責任を感じることじゃありません。最終的に了承したのは他ならぬご両親じゃないですか。ご両親はその頃のヨルカをどう認識してたんです？」

そんな娘達をご両親はどう捉えていたのか？

旅行なり帰省で顔を会わせていれば、ご両親も娘の変化に気づくだろう。

「日本で一緒に暮らしていた頃より過保護になっていたわ。私もヨルちゃんの件はずっと相談していたから、両親も気にかけていた。だけど、ヨルちゃんは電話で話しても平気そうにするし、両親と顔を合わせれば嬉しいからふつうに元気なのよ」

「心配かけたくないからこそなんでしょうけど、ご両親は余計にヤキモキされていたんじゃないですか」

今の俺がまさにそれだ。

ヨルカは『信じて待っていて』と言って、俺に迷惑をかけまいとしていた。

健気でいじらしい子である。

「もちろん。パパもママも私達が大好きだもの。それこそ自分達だけでアメリカに行くのは身を切られるような思いだったって何度も言っているし、私達もそれをわかっている。ただ、愛情があるからこそ一筋縄ではいかないこともあるのよ」

アリアさんは冷静に現状を分析する。

好きな相手だからこそ素直になれないこともあるのだろう。

「強すぎる愛情って厄介ですね」

歯がゆくて辛い。

「ヨルちゃんとパパが揉めているのも、あの頃のことが尾を引いているからよ。子どもの言葉を、どこかで信じきれないみたい」

ご両親も、アリアさんやヨルカを日本に置いていったのは苦渋の決断だっただろう。

それでも――

「大人は賢い選択ができるかもしれませんけど、それが正しい選択とは限りません！」

俺は自分の立場を明確にした。

「それは、私も同意見だと信じたいな」

アリアさんの表情がようやく緩む。

ちょうど、映がドリンクを持って戻ってきた。

◇◇◇

俺達も新しい飲み物をドリンクバーから持ってきて仕切り直し。

映はデザートで追加注文した大きなパフェを、夢中で頬張っていた。

「アリアさん、ご両親についてもう少し具体的に教えてくれませんか？」

俺は、ヨルカのためにも有坂家についてもっと多面的に把握したかった。

「具体的って、働くのが好きで仕事ができる夫婦、今はお互いビジネスパートナー」

「もうちょっと、こう、人となりがわかるエピソードとかをお願いします」

「ふたりは外資系のコンサルティング会社に就職した同期なの。ママは超優秀だけど一匹狼タイプ、かたやパパは客観的に分析して人を動かすのが得意なタイプ。ふたりはお互いをライバル視していて、相手に勝とうと必死になって仕事に打ちこんでいたみたい」

「そこから、どう結婚に至ったんです？」

聞く限り、あまり相性がいいようには聞こえない。

「きっかけは、パパがアメリカへの赴任が決まったこと。離れ離れになってライバル視していたのが実際にはお互いを特別に意識していたとようやく気づいたの。そこから遠距離恋愛がはじまり、パパが帰国したタイミングで結婚。私が生まれると、ママは人が変わったみたいに仕事より子育てに夢中になった。子どもを生んで人生観が変わったって言うくらいね」

「いざ家族が増えたら、そりゃ嬉しいもんですよね」

俺も、映が生まれてはじめて家に来た日のことはよく覚えている。

嬉しくて、照れくさくて、愛おしくて。

妹ができて、自分がお兄ちゃんになることが妙に誇らしかった。

「そうしてヨルちゃんが大きくなった頃、パパが積み上げた実績とアメリカ時代にできた人脈のおかげで独立。会社がどんどん忙しくなり、ママも本格的に仕事に復帰した」

「その時点で、アリアさんやヨルカにとっては問題なかったんですか？」

「もともと私達はふたりとも手のかからない子どもだったし、お手伝いさんとかも雇っていたからね。それにママがほんとうはもっと仕事したそうなのには気づいていたし」

「ヨルカも同じようなことを言ってましたよ」

幼くも聡明な姉妹は、親のやりたいことをちゃんと察していた。

「そうしてさらに仕事が軌道に乗って、日本にいるよりアメリカにいる方が仕事をしやすいってことで、今の有坂家のライフスタイルになったの」

「新聞とか経済誌にも載りそうな、輝かしい経歴ですね」

…………うん、わかっていた。

そんなことは最初からわかっていたんだろう。

俺の恋人はとんでもなくお金持ちの家庭の子である。

ヨルカの住んでいる高層マンションを見れば一目瞭然。

だけど、いざ具体的に聞いてしまうと正直ビビッてしまう。

「今度はスミくんが表情暗くなっているよ。大丈夫？」

「今の話を聞いたら、そうなりますって」

「こうなるのがわかっていたから話したくなかったのに」

「俺もヨルカも人生の分かれ道に立たされているんですよ。嫌でも気になります」

「スミくんはさ、——背伸びしすぎて苦しくないの？」

アリアさんは見透かす。

「映もそう思う！」

俺の代わりに、先に映が反応していた。

タイミングよく追い討ちをかけるなと、俺は横にいる妹を恨みがましく見る。

俺はため息をひとつ落として、アリアさんと向き合う。

「……他人の隠している本音を暴かないって俺と約束しましたよね」

自分でもわかっている。

理想を追い求めるのは、決して楽な生き方ではない。

「今のはただの気遣い。だって、スミくん隠せてないもの。恋人と遠距離恋愛になるかもしれない不安、進路がハッキリしない焦り、ついでに、うちの親の話を聞いて超ビビッている」

この人と話していると、意地が張れなくなってしまう。

ぜんぶ筒抜けになり、自分の弱い部分が曝け出されそうで恐かった。

しかも、これは心持ちの問題だ。

仮に外部要因を誰かに解決してもらったところで、当人の考え方や感じ方が変わらなければ意味がない。

今の俺は、有坂家との差に圧倒されていた。

こんな俺がヨルカの役に立てるなんて思い上がりじゃないのか？

また勝手に気後れして、弱気の虫が騒ぐ。

「思春期の心を丸裸にしないでくださいよ。死にそうになる」

面と向かって指摘されると、言い逃れできない。

「じゃあ当たりってことね」

「そうですよ、悪いですか！」

「自分の観察眼が狂っていなくて安心した」

口振りに反して、アリアさんの顔はあまり愉快げではない。

これまでならば相手の本音を読み解き、いつの間にかコントロールする巧みさがあった。

だが、アリアさんの手のひらで転がされている感覚が以前ほどは感じない。

手心を加えてくれているのか、単に調子でも悪いのか。

アリアさんは自分のコーヒーを一口飲んで、青臭い小僧にアドバイスを送る。

「うちの親にあんまり身構える意味なんてないよ。ていうかタイプとしては、スミくんとパパはむしろ似ているくらいだし」

アリアさんはいきなり突拍子のない意見を述べる。

「一体どこに似ている要素があるんですか？」

皮肉にしては冗談がキツイ。

慰めにしてはピントがズレている。

いずれにしても俺の気が休まることはない。

「……スミくん」

アリアさんは窘めるように言葉を続ける。

「パパの経歴は歩んだ時間の結果よ。実績だけ比べたら十代の男の子が敵うわけないでしょう。なのに、どうして今のままで張り合おうとするのよ？」

「ぐっ」

言われて、自分の思いこみに気づく。

「パパが仕事でやっていることは、これまでスミくんが周りの子にやってきたことと基本は変わらない。まず、話を聞く。相手の気持ちを汲んで、代わりに言語化する。閉ざしていた心を開いてあげる。条件の調整、複雑な状況を整理する、人手が足りないなら力を貸す。自分の持っている知識で筋道をつける。自分もチームの一員として、人のやらないことを代わりにやって全体をまとめる」

「クラス委員とコンサルタントでは雲泥の差ですよ」

「……そうやって囚われているうちは、確かに難しいだろうね」

アリアさんは独り言のように呟く。

そこには、かすかな失望と苛立ちが滲んでいた気がした。

「きすみくん、顔が恐いよ」

様子を窺っていた映もパフェを食べる手を止めて、心配そうな顔になる。

「アリアお姉ちゃん、あんまりきすみくんをいじめないで！」

「映。別に俺はいじめられていないよ」と妹の頭にポンと手を置く。

「そうだよ、映ちゃん。私がスミくんを大好きなのは知っているでしょう？」

アリアさんは、意味深な視線を映に向けてきた。

そう言うと、映はあっさり敵意を解く。

「けど、ここから逆転する方法なんて正直見当もつかないんですけど」

いっそご両親の話を聞かず、無謀であろうと勢い任せの方が楽だったかもしれない。

「何事も傾向と対策はあるものさ。あるいは滑り止めもね」

アリアさんは、いつもの不敵な笑みを浮かべる。

「そんな、受験じゃないんですから」

テストの合格点があるわけでもあるまいし。

「高校生のきみがヨルちゃんとの結婚の許しをもらうのは無理でも、アメリカ行きを止められるくらいの説得材料は持っているよ」

「ほんとうですか？」

「親という存在が、子どもになにを与えたいのか。よーく考えてごらん」

まるで昔の授業を受けていた時のように語りかけられる。

つくづくアメとムチの使い分けが上手い人だ。

こちらを凹ませておいたまま放置せず、きちんと武器も授けてくれる。

ヨルカのご両親が与えたいもの。

そして今の俺が差し出せるもの。

アメリカ行きを中止にできる説得材料とは一体なんだ？

どれだけ頭を悩ませても、すぐには答えが出ない。

「ヒントその一。親の愛情を逆手に取れ」

「今度は格闘技ですか？」

「ある意味、父親との真剣勝負でしょう」

アリアさんは興が乗ってきたように、元の調子を取り戻してきた。

だが、俺はまだ答えに辿り着かない。

「じゃあヒントその二。終業式の後に、スミくんとその話をしたって、昨夜紫鶴ちゃんから聞いたよ。だから、きみはもう答えを知っている」

「神崎先生からッ⁉」

茶室での神崎先生との会話を思い返す。

しばしの無言を経て、俺はようやく答えに辿りついた。

やがて俺の表情が変わったことに気づいたアリアさんは満足げに頷く。

「さぁ、ふつうに囚われるのはおしまいだ」

◇◇◇

アリアさんを駅まで見送り、俺と映はスーパーで買い物をして帰宅した。

部屋で一休みして、お風呂を済ませていく。

夕飯は家族四人がリビングに集まって年越しそばを食べながら年末特番を見る。

ちょうど映の好きなビヨンド・ジ・アイドルの出るタイミングで紅白歌合戦にチャンネルを変えた。

そんな風に家族でのんびりと時間を過ごしているうちに、映はいつの間にかソファーで眠っていた。風邪を引くといけないからと、俺が映を二階まで運ぶ。久しぶりに背負うと、あんなに小さかった妹の成長を嫌でも実感させられる。さすがに十歳の女の子を担ぐのはしんどい。

ベッドに寝かせて、一階に戻ってテーブルの後片づけを手伝う。

気づけば午前零時。

年が明け、一月一日。

両親と新年の挨拶を交わして、俺もようやく部屋に戻る。

瀬名会のグループラインには、ひっきりなしにメッセージやスタンプが飛び交う。

あけおめことよろ、と俺も返信。

その流れで初詣を一緒に行こうという話が上がる。全員の予定を確認して、一番人数が集まる一月二日に決まった。場所は、夏祭りにみんなで遊びに行った近所の神社。

残念ながらヨルカだけは旅行先なので、今回は欠席である。

ラインのメッセージが一通り落ち着いた頃、ヨルカから電話がかかってきた。

『わたしも、みんなで初詣行きたーい』

開口一番、不満そうな声が聞こえてきた。

「ヨルカがみんなと行動したいって思ってくれることが、俺にはお年玉だよ」

出会った頃の刺々しかったヨルカは、記憶の彼方となりつつある。

『なにそれ。あ、いきなりごめんね。今電話できる？』

「もちろん。ヨルカ、あけましておめでとう。今年もよろしく」

『あけましておめでとう。こちらこそ今年もよろしくお願いします』

「恋人になって、今度ははじめての年越しだな」

『うん。去年は連絡先を交換していなかったものね』

電話の向こうから聞こえるヨルカの声は明るい。

これは旅行先でも家族と上手くやれているのではなかろうか。

いきなり愚痴を聞かされるような状況ではなさそうで、ひとまず安心した。

「そう言えば、昼間にアリアさんと会ったぞ」

『うん。お姉ちゃんから聞いた。映ちゃんも一緒だったんだってね』

「お昼ごちそうになったから、あらためてお礼を伝えておいて」

『了解。お姉ちゃんも久しぶりに希墨と話せて、楽しそうだったよ』

「あぁ。それに髪を切ったことにも驚いた」

『わたしもビックリしちゃった。お姉ちゃんのショートへアってはじめて見たけど、よく似合っていたよね。写真もいっぱい撮っちゃった』

「浮かれているなぁ。芸能人に会ったわけでもあるまいし」

『わたしにとっては同じようなものだから』

「……ヨルカはさ、昔のことでアリアさんを恨んだりしたことないのか？」

『ないよ。ただの一度も』

過去になにがあろうとも、ヨルカの姉に対する信頼と尊敬は揺るぎない。

「よかったら、そのことをアリアさんに直接伝えてあげてくれ」

俺は昼間のささやかなお礼のつもりで、それとなく伝える。

どうかアリアさんの後悔が少しでも軽くなりますように。

『──、わかった。伝えておく』

ヨルカもそれでなにかを察したようだ。

「ところで、ヨルカこそお父さんとは話せたか？」

『…………』

「そこで黙られるとすげえ不安なんですけど」

『わかっている。この旅行中には、なんとか話すから』

「THE反抗期の娘すぎるぞ」

『実際そうだもの。あーあーお姉ちゃんも説得に協力してくれればいいのにな』

「姉離れの時期ってことだろう。がんばれ」

『うん。進展があったら報告するよ』

いつの間にか真面目な空気になってしまったので、俺はライトな質問を投げかける。

「旅行はどう？　楽しいか？」

『うん。旅館は綺麗だし、温泉は気持ちいいし、お料理も美味しくて満足よ』

「温泉旅館で年越しなんていいもんだよな」

『ふたりで温泉旅行もいつか行きたいね』

浴衣姿のヨルカとしっぽり温泉なんて、もちろん行くに決まっている。

同時にヨルカの不用意な一言のせいで、俺の中のピンクなスイッチが入ってしまう。

湯気のように脳内に浮かび上がるセクシーなイメージを、俺は必死に掻き消す。

正月早々から俺はなにを考えているのだ！

「あぁ。すごく楽しそうだ」

下心を封じて、紳士であろうと努める。

『恋人とのお泊り旅行なんて、ドキドキしちゃうね』

俺の忍耐力をあざ笑うかのように、ヨルカは仄めかすような返事をする。

耳元で響く恋人の声が妄想をかき立ててしまう。

このリアルＡＳＭＲ、脳直で刺激が強すぎなんですけど！

「…………」

『希墨？　急に黙ってどうしたの？』

「ヨルカ、わざとか？」

『なにが？』

「思わせぶりなことを言われると、こっちも辛抱たまらなくなるぞ」

俺の中の紳士は立ち去り、獣がつい本音をこぼしてしまう。

『――。そうだよって言ったら、どうする？』

なにこれ、焦らしプレイですか⁉　いつからこんなエロい真似を覚えたの！

「少なくとも温泉旅行中は寝不足になるぞ」

『一体なにをするの？』

「そりゃもう男女のスキンシップですよ」

『マッサージとか？』

「内容は十八禁だけどな」

『希墨のエッチ』

「除夜の鐘くらいじゃ俺の煩悩は消えそうにない」

『どうすれば、消えるの？』

　喉をゴクリと鳴らすも、言葉は突っかかって出てこない。

　この電話越しだから交わし合える他愛のない会話、生殺し感半端ない。

　怯むな、瀬名希墨。ここで足踏みしてどうするのだ。

　言え、言うのだ。昼間に『言わなきゃはじまらない』と啖呵を切ったばかりではないか。

「俺は、ヨルカと――」

『わたしと、なに？』

　大人の階段を上りたいのだ。

　君との関係をもっと先へ、もっと深く、もっと長く。

　ふいにカーテンを閉めそびれていた窓から、月明かりが差しこむ。

　日中は分厚い雲が覆っていたが、ちょうど晴れたのだろう。

　窓から見上げれば、月が白く光っていた。

「一緒に月が見たい。今すごく綺麗なんだ。そっちでも見えるか？」

　電話の向こうでヨルカが動く気配がした。

『うん、こっちも見えたよ。ほんとうだね』

「あぁ。月が綺麗ですね」

『その台詞、懐かしい。最初に連絡先を交換した時にメッセージでくれたよね』

　ヨルカは思い出しながら笑っているようだ。

「よく覚えているな」

『希墨との思い出は、ぜんぶ忘れたくないもの』

「俺もだ」

『これからも、もっとたくさん思い出を増やそうね』

「あの美しい月に誓うよ」

　俺の大げさだけど本気の言葉に、大好きな恋人はまた楽しげに笑っていた。

第七話　遠慮は終わりだ

一月二日、瀬名会の初詣で午前中から近所の神社に集合する。

メンバーは俺、映、朝姫さん、みやちー、七村、紗夕。そしてクリスマス・パーティーに来れなかった花菱清虎と叶ミメイも今回は参加していた。

旅行中のヨルカは欠席である。

ヨルカ：みんなは、わたしの分まで初詣を楽しんで！

わざわざ集合時刻にメッセージを送ってくるくらい、ヨルカは残念がっている。

こういう時に、どこでもドアがあればいいのにと心底思う。

万が一、日本とアメリカの遠距離恋愛になっても簡単に会いに行ける。

「きすみくん、甘酒飲もうよ！」

先頭を歩く映が待ち切れないとばかりにみんなを急かす。

夏祭り以来、半年ぶりに訪れた神社境内には今回も屋台が軒を連ねており、本殿に向かうまでに美味しそうな匂いが食欲をそそった。

「お参りを済ませてからな。はしゃぎすぎて、また迷子になるなよ」

「ならないから大丈夫！」

威勢よく答える小学生、返事だけは百点満点だ。

「セナキスの妹、超元気でかわいいね！　ウチもあんな妹欲しかったな」

叶ミメイは、映の活発さを一目で気に入っていた。

軽音楽部のカリスマであり、リンクスのリーダーである彼女は文化祭でのライブ終了後にニアミスしているが、映とはほぼ初対面に近い。

叶は一見してギャルと見紛うような派手な容姿。髪の毛は金髪に染められ、エキゾチックな印象をもたらす肌の色に、派手な顔立ちで背の高いスタイル抜群な女の子。フードにファーのついたボリューム感のあるダウンジャケット、首元の開いたニットワンピに網タイツとブーツ。みんながしっかり防寒する中、ひとりだけ露出の多いセクシーなコーディネートである。

「瀬名ちゃん、心配いらないよ。たとえ迷子になって僕が必ず見つけてあげるさ」

そう優雅に答えるのは、永聖高等学校の生徒会長である花菱清虎。

プリンス清虎というあだ名の通り、甘いマスクの爽やかなイケメンは如才ない笑みを浮かべていた。リンクスではドラムを担当しており、文化祭では普段のやわらかい物腰とギャップのある激しい演奏で、さらに女性ファンを増やしたともっぱらの噂だ。どんな女性に対して紳士な振る舞いをする人気者は、安心しなよと俺の肩に親しげに手を置いた。

その言葉通り、夏祭りで映が迷子になった時に見つけてくれたのが花菱だ。

　参拝の列に並びながら、俺はこれからのことに思いを馳せる。

「いよいよ高三か。これからは受験だから、こんな風に気軽に集まりづらくなるよな」

　妙なさびしさに駆られて、俺はポロリとこぼしてしまう。

　二年生になってからの怒濤の日々は俺のあらゆるものを変えてくれた。

　俺達が高校生でいられる期間は、あと一年少々。

　三学期なんて一瞬で過ぎるし、三年生の大半は受験勉強にあてられ、それが終わるとすぐに卒業だ。早いもんだ。

「おいおい、幹事がそんな調子でどうするんだよ。おまえが俺達の命綱なんだから積極的に声をかけてこい！　むしろ気楽に、迂闊に、軽薄に呼びつけろ！　おまえがいなけりゃはじまらないんだよ！」

　俺に幹事を押しつけた張本人である七村が説教してくる。

「そりゃ希墨くんとヨルカはこの先も一緒かもしれないけど、私達はそうとは限らないのよ。ちゃんと幹事が定期的に声かけないと、自然と疎遠になりかねないんだから。ただでさえここに集まっているメンバーはみんな方向性がバラバラなんだから」

　朝姫さんもさらに苦言を呈する。

「朝姫ちゃんの言う通り、あたし達ってタイプが違うもんね。それがこうやって同じグループで仲良くしているのも、スミスミの人徳のおかげだよ」

みやちーはしみじみと呟く。

確かに俺達が仲良くなったきっかけは同じクラスになったからこそ。

学生時代の人間関係は偶然、特定の時期に同じ環境に集まっただけのものだ。

その時期を終えてなお関係性が続いていく友人は決して多くない。

どれだけ親しくても卒業すれば終わってしまう付き合いはありふれている。

たとえば小学校時代の友達で今も付き合いがあるのは何人いるだろう？

「そうですよ。私は後輩なんだから余計に遠慮しちゃうんですよ。きー先輩がしっかりしてくれないと困ります！」

紗夕も好きにやっているように思えて、意外と気にしいな子である。

「セナキスが声かけてくれると、ウチも休めるからありがたいかも。一度作業に没頭しはじめると、ずーっと引きこもっちゃうからさ」

叶が抱える音楽家の職業的な悩みには、友人との約束を入れることで息をつく暇を入れられるのだろう。根を詰めすぎるのは身体に悪い。

「すべてのきっかけはやっぱり瀬名ちゃんなんだよ。瀬名ちゃんが声をかけるから、みんなは集まる。もちろん僕も喜んで馳せ参じるよ」

花菱がまとめる。

「おい、おまえの瀬名会加入を許可した覚えはないぞ」

「七村。その権限は、少なくとも幹事である瀬名ちゃんにしかない。君が任命したね」

睨み合うワイルド系イケメン・七村竜と王子系イケメン・花菱清虎。

年を越しても、竜虎の仲は変わらず相容れない。

「セナキス、ウチも入れてほしいなぁ」

叶も同意見のようだ。

「映も入っているよね！　クリスマスもお正月も一緒だし」と妹さえ新規加入を求める。

ちょっと感傷的になった俺の言葉を、みんなは意外なほど重く受け止めていた。

俺自身が感じている以上に、瀬名会には存在する意義があるようだ。

「幹事の責任って重いもんだな」

だが、そうやって必要とされているのは存外悪くない。

「――スミスミがいないと困るのは、文化祭の時に全員で実感したことなんだよ」

みやちーが代表して答える。

どうやら俺が倒れて病院に運ばれてから、みんなにも色々あって大変だったらしい。

「困るって？」

「病院に運ばれた後、みんなで会議したんだけどね。スミスミがいないと、そもそも話し合いが上手くいかなくてさ、もうガタガタだったんだから」

みやちーは苦笑していた。

文化祭が終わった後ですら誰も語らなかったから、そんな話は初耳だ。

「ひなかがリーダーシップを発揮してくれなかったら、あの本番は迎えられなかったよ」

叶は感謝をこめるように、みやちーを後ろからハグする。

「うん。宮内さんがいなかったら、僕らはステージに立たなかったよ」

花菱も認める。

てっきり朝姫さんがみんなを纏めてくれたのだと思っていた。

宮内ひなかはどんな時も否定せず乗ってきてくれるけど、先頭に立って仕切るようなタイプではない。

「ステージに着いた時には、そんなガタガタな感じはなかったけど……」

すると堰を切ったように、みんなは口々に本番当日の俺の様子を証言してきた。

「きすみくん、ゾンビみたいに顔色悪かった。だから止めたんだよ」

「おまえヘロヘロで、周りを見る余裕なんてなかっただろう」

「きー先輩、立つのもやっとだったじゃないですか」

「スミスミ、ギターを担ぐだけでもかなりきつそうだったよ」

「希墨くん、今にも死にそうだったわよ。よくアンコールまで演奏できたよね」

文化祭の舞台裏は、俺もみんなもギリギリの綱渡りだったようだ。

「ご心配おかけしました」

「ま。瀬名を頼りにしていることの裏返しだから、引き続き気張れや」

七村は偉そうにまとめる。

「じゃあ瀬名会の引き続きの存続、新メンバーの正式加入に異議がなければ拍手！」

朝姫さんの音頭に、なんやかんやと全員が認める。

わーい、と映は喜ぶ。

「セナキス、ありがとう。これからも頼りにしているよ！」

「では、今度は僕が瀬名ちゃんの右腕になろうかな」

「お、いきなりナンバーツー狙いは厚かましいぞ、花菱」

「我が瀬名会は永久に不滅です☆」と紗夕はノリノリ。

「よっ、ミスター・セナ！」とみやちーもすかさず合いの手を打つ。

「そのままじゃねえか！」

ミスター巨人軍みたいな呼び方をするな。ナイスですね、なんて言わんぞ。

「決まった以上は、これからも幹事をがんばらせてもらう。みんな忙しいだろうけど、末長くこうやって集まってくれよな」

そうして俺は瀬名会の結成以来、二度目の所信表明をした。

◇◇◇

そうこうしているうちに列は順調に進んでいき、お賽銭箱の前に辿りつく。
全員で二礼二拍手一礼を済ませると、その流れでおみくじを引く。
さぁ、年の初めの運試し。
開封の結果、俺以外の全員が大吉。
「なんでじゃー!!」
大吉オンパレードの中、狙い澄ましたかのように俺のおみくじだけが大凶だった。
〝かつてない試練が訪れます。協力して乗り越えよ〟
おいおい、もうちょい手心加えてくれよ。ピンポイントすぎじゃないか。
割と去年も色々あったが、心当たりがありすぎて辛い。
まさかアメリカ行きの件が断り切れず、ヨルカが遠くへ行ってしまうのか。
その可能性がかつてないほどリアリティーを持って、気分が沈みそうになる。
俺は深呼吸をして平静を保つ。
みんなは凹んでいる俺をぐるりと取り囲んで、おみくじを覗きこんできた。
「おいおい瀬名、新年早々波乱の幕開けだな」

他人の不幸を嬉しそうに笑うな、七村。

「きすみくん、ドンマイ！」

励ましつつも兄より上であることに優越感に浸っている妹。

「大凶ってこんなベリーハードだっけ？　スミスミ、あんまり気にしない方がいいよ」

みやちーはいつもやさしいなぁ。泣けてくる。

「きー先輩に降り注ぐ容赦ない試練とは一体ッ⁉」

紗夕、ちょっとワクワクするな。

「セナキス、運は自分で切り拓くものだって」

叶はいつだって前向きだ。少なくとも俺は彼女が凹んでいる姿を見たことがない。

「瀬名ちゃん、トラブルを楽しむくらいの余裕を持たないと」

モテ男らしいマインドである。そりゃ恋愛を同時並行でこなせるわけだ。

「来年、大凶を引くよりはいいんじゃない。受験直前だし」

朝姫さんの冷静なフォローはその通りなのだが、俺の気が紛れることはない。

「まさか有坂ちゃんが来ないのも、その予兆か？」

「ヨルカはただの家族旅行中だ！」

俺は大凶のおみくじをしっかりと枝に結ぶ。悪い気よ、今すぐ去れ。

参拝の列に並んで疲れたので、屋台で食べ物など買って小休憩。

俺は映に待望の甘酒を買いつつ、団子など目についたものをとりあえず食べて気分転換を図る。こうなりゃやけ食いだ。

女性陣はベビーカステラなど甘いものを適当に買って、仲良くシェアしている。

七村と花菱は買いたいものが被って、店の前でまた喧嘩していた。他のお客の迷惑にならないように程々にな。

朝から晴天とは言い難い空模様は、神社に着いた頃よりもさらに分厚い雲に覆われ、寒さが一層身に沁みる。この分では雪でも降りかねない。

「うわー超寒いよ。どっかでお店に入って、温かいものでも飲みたい」

叶は網タイツからむき出しの生脚をさすりながら告げる。

「叶が薄着すぎるんだよ。服を選ぶ前に、天気予報のチェックしないのか？」

「そんなの見ないし、ウチは着たい服を着るだけ」

叶は当然のように答える。

彼女らしい天衣無縫さ。

ふつうに縛られていない振る舞いができるのは、少しだけ羨ましい。

実際、叶の音楽センスと技術はとうに商業レベル。ＳＮＳ上で知名度は高かったが文化祭のライブ映像を動画サイトに公開したところ、仕事のオファーが殺到している。

「才能があるってすげえな」

「セナキス、それは違うよ。ウチは極端に偏っているだけ。音楽は好きですごく得意だけど、音楽しか取り柄がないの。文化祭の時のセナキスみたいになんでも引き受けて、きちんとこなせる方がウチはすごいと思うよ」

「そのせいで人生初の救急車に運ばれたのに？」

「ウチは才能とかよくわからないけど、自分の意志で倒れるまでがんばれる人は特別なものを絶対に持っているよ」

　誰が見ても天才と呼ぶに相応しい叶ミメイから飛び出した一言は、凡人を自負していた俺にとっては目から鱗のような言葉だった。

　才能の足りない人間は努力で補うしかない。

　俺は、ずっとそう考えていた。

「努力できるのも才能ってことか？」

「え、違うよ」

　叶の言葉を噛み砕いたつもりが、本人はあっさりと否定する。

「うん？　解説を求む」

「好きなことをしている時って努力しているなんて感じないじゃん。楽しいから勝手にしたくなるわけだし、なんか知らないうちにすごいことできちゃうみたいな」

天才様はキョトンとした顔で言い放つ。

「それは叶みたいに、好きと才能が一致している人間の特権じゃないか。ふつうの人間は得意でもないことを覚えるために、必死に努力しなきゃいけないんだ」

「だからフォローしてくれるセナキスみたいな人にはマジ感謝なの。そもそもウチは得意でもないことを覚えることさえできないし！」

叶はドヤ顔でそう答える。

わかるような、わからないような。

「瀬名ちゃん。ミメイが言いたいのはね、自分ができないことだらけだから周りの助けに感謝している。そんな風に色んな人の苦手や不足、困り事に力を貸してくれる瀬名ちゃんをミメイは心から褒めているんだよ」

「そう、それ！　生徒会長って頭いいんだ！」

花菱の意訳に、叶は正解と指をさす。

「僕も同意見だ。ふつうはできないことまで頼られるのを嫌がる。けど、瀬名ちゃんは引き受けた以上、きちんとがんばってくれるじゃないか。別に便利な幹事として頼っているわけじゃない。その責任感に対する信頼は宮内さんが瀬名ちゃんを評した、人徳ってやつだよ」

キザな花菱らしい、憎いことを言ってくれる。

「だから人助けで頼られているセナキスはマジ尊敬できるくらい最高！」

叶はもう一度自分の言葉で伝え直す。

こういう律儀なところがあるから、俺も二年連続でマネージャーを引き受けたのだろう。

「希墨くんだけの魅力があるから、ヨルカも最初に心を開いたんでしょう」

朝姫さんが最後にそう締めた。

「確かにそうかも。スミスミには頼りやすいところあるし」

「きー先輩は昔からそうでしたよ！」

「きすみくんはやさしいよ」

映の言葉に、みんなが吹き出す。

「なぁ、この後だけどカラオケにでも行かないか？」

室内だから空調は効いているし、飲み食べもできる。新春カラオケ大会として騒ぐのも楽しいだろう。

幹事の提案に、全員賛成だった。

◇◇◇

神社から駅前のカラオケボックスまでみんなで移動する。

駅のロータリーまで出たところで、ヨルカからメッセージが届く。

グループラインではなく俺への個人宛だった。
風雲急を告げるメッセージを読んで、俺は立ち止まってしまう。
ヨルカ：パパと話したけど、納得してくれなかった。
もう無理かもしれない。どうしよう。
俺が遅れていることに気づいた朝姫さんが声をかけてくる。
「希墨くん、どうかしたの？」
「……悪い、先に行ってて。後で追いつくから」
そう断って、すぐにヨルカに電話をかけた。
初詣の集合時に届いたメッセージとはテンションが百八十度違う。
この間になにかあったのか。それともあの時から無理していたのか。
いずれにしても本人に確認するしかあるまい。
コール音がいつもよりやたら長く感じた。
早く。早く出てくれ。
祈るような気持ちで俺は待つ。
『もしもし』
ヨルカは涙声で応答する。
「メッセージを読んだ。お父さんからなんて言われたんだ？」

前置きはしない。

しかし、動揺をできるだけ抑えた声で語りかける。

聞くまでもなくヨルカの気配から楽しい内容ではないのは察しがつく。

『……アメリカ行きの話をしたの。わたしは今のまま日本で生活したいって言ったけど、心配だから一緒に暮らした方がいいだろうって』

クソ、大凶が的中しているぞ。あの神社に祀られている神様ってそんなに強力なのか。

もっとお賽銭を奮発しておけばよかった。

俺は神様に舌打ちする。

「心配って、ご両親がそんな気になることでもあったのか？」

『うん。このままだと迷惑をかけるから、日本を離れた方がいいって』

「──なっ⁉」

それは一方的な言い分すぎるだろう！

『ごめんね、希墨』

「ッ、ヨルカが謝ることじゃないだろう」

俺はつい大きな声を上げそうになる。

『だって、わたしの好きを認めてもらえないのが、こんな悔しいなんて思わなかった』

「────」

その一言は、俺の抑(おさ)えていた怒(いか)りを解放するには十分だった。

これまでは家族の問題であるからと、俺は一歩引いていた。

自分は有坂(ありさか)家の部外者だから口を挟(はさ)むのは憚(はばか)られる。

いくら外野が騒(さわ)いだところで無意味だ。見守るのが常識的には正しい。

ヨルカの『信じて待っていて』という言葉の通り、我慢(がまん)するのが正解だと思っていた。

それが、ふつうの反応だ。

だけど、遠慮(えんりょ)は終わりだ。

そんな言葉を、俺の大好きな人に言わせた時点でダメなのだ。

家族ゆえに聞く耳を持ってもらえないなら、他の誰(だれ)かが代わりに訴(うった)えてやらねばならない。

このまま流されてしまえば俺は死ぬまで後悔(こうかい)する。

それほどに俺はキレていた。

一瞬(いっしゅん)にして意識を真っ白に燃(も)え尽(つ)きさせるほどの怒(いか)りの高熱、その後に訪(おとず)れた急速な冷却(れいきゃく)は異様な静寂(せいじゃく)を頭の中にもたらした。

腹を立てながら、頭は冴(さ)え渡(わた)るという両極端(きょくたん)な状態が併存(へいぞん)している。

冷静と情熱の間というやつだろう。

奇妙(きみょう)な精神的均衡(きんこう)は余計な迷いを消し去った。

今やるべきことを脳内で峻別(しゅんべつ)し、実行に移す。

「ヨルカ。今は旅館か？」

心の荒れ狂い方に反して、語りかける声は自分でも驚くほど穏やかになった。

『ううん。冷静になろうと思って、ひとりで駅前の喫茶店で休んでいる』

「そこで落ち着くまで、二、三時間でもゆっくりとのんびりするといい。コーヒーのお代わりは？　ケーキも食べたらいいと思うぞ」

『そうする。ごめんね、希墨』

「気にするな。俺にとって一番大事なのは、ヨルカが幸せなことだ」

――そのためなら、どんなものとでも戦ってやる。

『ありがとう』

電話が切れる。

ヨルカは「来てくれ」とは言わなかった。

このまま有坂家における最終決定を待つのが常識的な判断なのだろう。

これまでの俺なら、このまま待っていた。

瀬名希墨という男は基本的に誰かに頼まれて、ようやく行動してきた。

相手のヘルプやお願いなどを受けることで動く受動的なスタンス。

人の頼み事を断らないことは重宝される。

俺もその立ち位置に自分の存在価値を見出していた。

妹の願いを叶えるために偏差値の高い近くの学校に挑んだ。入学するとクラス委員に指名され、コミュ障な美人とクラスメイトの橋渡し役を務めた。瀬名会の幹事を任され、代理彼氏を演じ、初心者ながらギターとしてバンドに参加など挙げればきりがない。

凡人である俺の能力やキャパシティーでは引き受けたことをこなすだけで手いっぱいになる。自ら動いてしまえば簡単に限界を迎えると、無意識にブレーキをかけていた。

事実、文化祭では救急車に運ばれたりもした。

——それでも恐れず、自らの意志による行動で後悔したことは一度もない。

頼まれていなくても、さっさと動け。

迷っているうちに手遅れになったら、「頼まれなかったから」と納得できるのか。

余計なお節介、上等である。

準備不足は承知している。むしろ万全な時なんて一度もない。

たとえ時間とお金をかけて空振りになったとしても、それはそれで構わない。

どうせ大凶なのだ。成功なんて保証されていない。

それにおみくじによれば、〝協力して乗り越えよ〟の一文が添えられていた。

俺とヨルカがふたりで協力しなければ乗り越えられない問題なのだ。

前を歩くみんなを足早に追いかけた。

そのままカラオケボックスの中に入ろうとするみんなに、俺は声をかける。

「ごめん。俺から誘(さそ)っておいて申し訳ないけど、ここで抜(ぬ)けるわ」

「スミスミ、急にどうしたの？　帰るの？」

　みやちーは心配そうに語りかける。

「なにかあったのね。表情がずいぶんと違(ちが)うよ」

　朝姫(あさき)さんはなにか察したような顔をしていた。

「ちょっと、人生を左右する野暮(やぼ)用ができた」

「――恋人はお正月から頼(たよ)られて大変ね」

「俺が好きでやっていることさ」

「……そう。がんばって」

「ありがとう」

　俺は財布(さいふ)から映(えい)の分の料金を出そうとすると、

「瀬名(せな)。妹ちゃんの分くらい出してやる」と七村(ななむら)に制される。

「悪いな」

「気にすんな。有坂(ありさか)ちゃんによろしく」

　七村(ななむら)の一言で、他のみんなも事態に気づいたようだった。

「カラオケに行かないの？」

　映(えい)はストレートに訊(たず)ねる。

「あぁ、ヨルカがピンチなんだ。ちょっと助けに行ってくる」

「きすみくんはヨルカちゃんが大好きだねぇ」

妹は呆れながらも面白がっていた。

「紗夕。映を任せていいか。帰りは家まで送り届けてほしい」

「も、もちろん構わないですけど」

急に話しかけられて、紗夕の背筋が伸びる。

「頼りになる後輩が近所にいてくれてよかったよ」

俺が感謝すると、紗夕はサッと頬を赤くする。

「映ちゃんとは仲良しなので別にいいんですけど、なんかきー先輩に余裕が出てきて腹が立ちますね。……男の人で彼女持ちがモテる理由ってちょっとだけわかるかも」

「紗夕ちゃーん。真に受けると、便利な浮気相手になるから絶対やめた方がいいからね」

紗夕の独り言のような感想に、朝姫さんがすかさず釘を刺す。

「わ、わかってますよ！　戦う相手を見極めるくらいできますから」

戦う相手か……。

今の俺はきっと戦う相手の実態をろくに見極められていないのだろう。

だが、居ても立っても居られないのだ。

「セナキス、そしたらまた別の機会にカラオケ行こうね」

「あぁ。叶の歌声を聞くのも楽しみだ」

モチロン、と叶はピースサインを作る。

「瀬名ちゃん、また後押ししようか？」

察しのいい花菱は片手を挙げる。

いつかの夕暮れの屋上で、俺は花菱に『応援は無責任だけど、無意味じゃない』と伝えた。

「あぁ、頼む」

「行ってらっしゃい！」

俺はこけそうになるくらい強く背中を押され、最後に振り返る。

「みんなが友達でよかったよ」

俺は心からそう思った。

ここにいる面々と過ごした日々が、瀬名希墨に踏み出す勇気をくれたのだ。

俺もみんなとはこの先の人生で長い付き合いをしていきたい。

そんな最高の友人ばかりだ。

俺はそのままの勢いで、駅の改札をくぐる。

スマホで有坂家が泊まっている旅館から一番近い駅である伊豆・修善寺までのルートを検索。

階段を駆け上り、寒風の吹くホームに立つ。

ヨルカが今いるのは日本だ。アメリカじゃない。

　東京から修善寺まで二時間強あれば会いに行ける。

　陸続きの距離なんて今の俺にとってはゼロに等しい。電車に乗れば会いに行けることがどれほど恵まれているのか。

　この距離に躊躇するなんて馬鹿げている。

　たとえ無意味な自己満足だとしても知ったことか。

　俺は無性に自分の恋人の顔を見たい。直接会って話したい。

　ただ、それだけだ。

　眼前に広がる曇天は真昼にも拘わらず重くて暗い。

　雪が降って、電車の運行に影響が出ないことを祈るばかりだ。

　もはや討ち入りのような心境で、俺はとにかくヨルカの親に一言物申したかった。

　どうすれば、ここから逆転できるのか。

　頭の中はひたすらにそのことばかり考える。

　完璧でなくとも、最高の最善を尽くせ。

　おまじないのように何度も俺を支えてきた言葉を再び思い返し、電車に乗りこんだ。

第八話　一途

「ヨルちゃん、迎えにきたよ」

ヨルカがゆっくりと顔を上げると、目の前には姉のアリアが立っていた。

昭和の時代から続く年季の入った喫茶店のクラシカルな店内では、有坂姉妹が揃うとその美しさに何事かと客達がわずかに浮き足立つ。

ヨルカひとりで外の飲食店に入るのが苦手な理由がまさにこれだ。

東京の繁華街でふたりがうっかり街中のカフェに入ろうものなら、好奇の視線に晒されつつナンパ目的で声をかけられることも多い。姉のアリアが一緒なら代わりに対応してくれるが、普段はひとりで外食することは滅多になかった。

店内の視線を一瞬で奪い去るも地元の常連である中高年ばかりで、すぐに元の弛緩した空気に戻る。

都内では落ち着いてティータイムも過ごせない中、この店はヨルカひとりでも穏やかに時間を過ごすことができた。

「宿に戻らないとダメ？　このまま先に家に帰ってもいいかな」

「ひとりで戻りづらいから、私を呼んだんでしょう？」

親への説得に失敗したヨルカは、衝動的に旅館を飛び出して駅前の喫茶店に逃げこんだ。

希墨に電話をした後、少し落ち着いたヨルカは、居場所だけは伝えておこうと姉には現在地を連絡しておいた。

「ごめんね。せっかく寛いでいたのに」

「温泉でのんびりするのも飽きてきたから、ちょうどいいわよ。うー寒い。途中で雪が降ってきたから今夜は雪見酒でも楽しめそうね」

アリアはヨルカの前に座り、テーブルの上のメニューにさっと目を通す。

「すみません、ホットコーヒーひとつお願いします。ヨルちゃんもなにかお代わりいる？」

「コーヒー飲みすぎたから大丈夫」

「そう。甘いものは？」

「食べた、いっぱい」

「そう」

「……パパやママはなにか言ってた？」

「特には。気分転換に今日は外で夕飯でも食べようってくらいかな。心配してたよ」

「怒ってなかった？」

「ヨルちゃんの頑なさに、戸惑ってはいるんじゃない」

アリアの答え方は曖昧だ。それがヨルカを不安にさせる。

いつものように慰めることもアドバイスも、今回ばかりはなかった。

姉は憧れであり、目標だった。

そんな彼女の真似をすれば、自分も間違えることはない。

昔のヨルカは姉を完璧と信じて、それを再現しようと努力してきた。

やがて姉もまた自分と同じく必ずしも完璧ではないと気づき、むしろ自分の純粋無垢な憧れが姉を追い詰めていたことも遅まきながら理解した。

昨年の夏には、ふたりではじめて本気の姉妹喧嘩もして、お互いの本音をぶつけ合った。

譲れないもののためにヨルカは戦うことを覚えた。

それでも両親を納得させることができず、手詰まりになっている。

自分なりに言葉を尽くしても手応えが感じられず、もうどうすればいいのかわからない。

それで思わず希墨に電話をしてしまった。

『信じて待っていて』と遊園地で啖呵を切ったのに、この有り様である。

もしも瀬名希墨に簡単には会えない距離になってしまったらどうなるだろうか？

それは地獄に等しい。

ずっと孤独を貫いていたはずの自分が、すっかり変わってしまった。

――彼のいない世界を想像するだけで恐くなる。

文化祭までの準備期間でさえ、彼とデートどころか話す時間が減るだけで苦痛だったのだ。

叶ミメイ宅で募っていたさびしさが爆発してしまった夜を思い出してヨルカは顔が熱くなる。

こんなにも彼を必要としていることをあらためて自覚させられた。

はしたないと恥じる一方、もっと深く触れ合いたいとも思う。

その悩ましい葛藤は日に日に強くなる。

クリスマス・パーティー以来、希墨には一度も会えていない。

たかだか一週間足らずで、こんなにも弱くなってしまう自分に愕然とする。

これが数か月単位になればきっと耐えられない。

その不在に慣れてしまったら、自分はどうなってしまうのか。

手元の指輪を我知らずに見つめる。

これを身につけているだけで、希墨を感じられて安心できた。

「ねぇ、お姉ちゃん。大晦日に会った時の希墨は元気にしていた？」

「ヨルちゃんのこと、ずっと心配してたよ」

「……希墨に、会いたいッ」

ヨルカの声に涙の気配が滲む。歯を食いしばり、表情を歪めながらも泣くことを必死に耐えていた。泣けば、悔しさや敗北感にぜんぶ呑まれそうになってしまう。

「呼べばいいじゃない？　スミくんなら来てくれるでしょう」

「だけど、迷惑かけたくない」

「なら、今は私で我慢しなさい」とアリアは俯く妹の頭をやさしく撫でる。

「ありがとう、お姉ちゃん」

「——私も最後まで付き合うわ」

注文したコーヒーが運ばれてきて、会話はしばし途切れた。

◇◇◇

瀬名会の新春カラオケ大会は昼過ぎから始まり、終わった時には夕方五時を回っていた。

カラオケ店を出ると、駅前はすっかり雪に覆われていた。今も大粒の雪が降り続いており、足元には数センチほど積もっている。

「わぁー雪だ！」

映は雪に大はしゃぎしていた。

「電車動いているわよね」と朝姫は駅の方に視線を投げかける。

「いつもの駅前が違って見えるね」とひなかはスマホで撮影していた。

「これ、まだまだ積もりそうですね」と紗夕は足元の雪をサクサクと踏み鳴らす。

「綺麗。ウチ、雪とか久しぶりに見た」とミメイは空を見上げる。

「雪ってなんか無闇にテンション上がらねえ？」と竜はウズウズしていた。

「みんな、雪道では滑らないように気をつけるんだよ」と清虎は注意喚起する。

「ねぇねぇ、これから公園で雪遊びしない？　雪ダルマ作るの手伝って！」

映が提案する。

「いいねぇ、妹ちゃん！　ナイス提案だ！　さすが瀬名の妹！」

竜がすぐに賛同する。

「レディーの要望には喜んでお供するよ」

清虎も迷わず同意した。

「面白そうだし、あたしも行く」

「ひなかが行くなら、ウチも行く！」

「メイメイ、手を怪我しないように気をつけて！」

飛び跳ねようとするミメイを、ひなかは慌てて止める。

「行くなら、うちの近所の公園は広いしどうですか？　うちでカイロや軍手くらいなら貸せますよ。スコップもいりますかね？」

「紗夕ちゃんの意見に異議なし。じゃあ行きましょうか。……希墨くんがいなくても妹さんが埋めるんだから、さすが兄妹ね」

朝姫の声かけで一同は駅前から再び住宅地へ戻っていく。

「ねぇ朝姫ちゃん、なんでスミスミの行き先がヨルヨルのところだってわかったの？」

移動中、ひなかがこっそり話しかける。

「……クリスマス・パーティーの後、ヨルカはうちに泊まってね。その時に今ちょっと問題が起きているって打ち明けられて」

「問題？」

「もしかしたらヨルカ、アメリカに引っ越すかもしれないんだって」

朝姫はそっと耳打ちする。

「嘘ッ⁉」

ひなかは悲鳴のような驚きの声を漏らす。

「希墨くんは、きっとその件で行ったんじゃないかな」

「スミスミ、なんとか食い止めてよ！　お願い！」

ひなかは祈るように雪の空を仰いだ。

「……ひなかちゃんは、これがチャンスとは思わないの？」

「朝姫ちゃんこそ」

「もし離れ離れになっても、今さら心の隙間ができるとは思えないんだよね」

「同感。ふたりはそういうレベルはとっくに超えている」

「私達、つくづく手強い人に片想いしてたね」

「そういう一途なところが魅力だもの」

朝姫はひなかと終わってしまった恋を振り返りながらも——どこかで番狂わせが起こることを期待してしまう自分もいた。

それは失恋したばかりの女の、ささやかな黒い願いだ。

一途と信じていた特別な男が別の女に転がってしまう。そういうありふれた現実的な結末に堕してしまうことで、自分の溜飲を密かに下げたい。自分の見る目がなかった、付き合わなくて正解だったと幻滅できれば——すぐに失恋の痛みも消えるのかもしれない。

同時に、憧れもする。

どんな犠牲を払い、泥沼になっても好きな相手と結ばれるのなら構わないのではないか。

そう、女のエゴが囁く。

冷静に見れば愚かな選択でも、自分が幸せなら十分。

他人の都合や感情など無視して、自分の恋に酔い痴れればいい。

そんな正気を失うほどの情熱的な恋にめぐり会えた人生も、きっと悪くないのだろう。

「……私は、恋愛に溺れるにはとことん冷静すぎたな」

朝姫は我が身を振り返り、自嘲した。

瀬名希墨に振られた日を思い出し、胸の奥がチクリと痛む。

恋愛体質ではない自分には、捨て身の恋愛なんて向いていないことはわかっていた。

「朝姫ちゃん。あたしは、最後までスミスミとヨルヨルの恋を応援したくなっちゃうな」

ひなかは朝姫の手を取った。

「わかっているわ。私も嫉妬するより、不思議とふたりには期待しちゃう。だから瀬名会っていう特等席に残っているんだと思う」

結局のところ、支倉朝姫の本心はヨルカが家に泊まりに来た時に伝えた言葉がすべてだ。

「言えてる。振られたのに側にいるのって、ふたりの未来が気になるんだよね」

「ひなかちゃんの言う未来ってどこまで？」

「んー、とりあえずふたりの結婚式くらいは出るつもり」

ひなかが確定事項として話すので、朝姫はあえて真逆の態度に出る。

「たかが高校生の恋愛で、本気で結婚までいけるかな？」

「そんなに、ふたりが心配なの？」

ひなかは朝姫の皮肉が、本心の裏返しだとすぐに気づいた。

あっさり見透かされて、朝姫も苦笑するしかない。

「ふたりに限らず、人生経験のない若者が今抱いている感情がいつまで残っているのかなって。私達はこれからもたくさんの新しい刺激や経験をして、感覚や考え方がどんどん変わっていくと思う」

「愛情も？」

「うん。十代の恋愛が、二十代とか結婚が現実的になった頃まで保てるのかって心配。大学や社会人で新しい出会いがあれば、気持ちが移ろうことがあってもおかしくないわけじゃない。結局、愛情の強さや大きさってどこまで信用できるのかなって……」

本音を言えば、朝姫自身もその変化を恐がっていた。

人生ではじめて本気の恋愛感情を抱き、その大きさにずっと振り回された。

なのに、いつかこの強い感情を忘れてしまうのかと思うと、人の感情はなんと儚く脆いものなのだろう。悲しくなる。

「進級してクラスが変わるだけであっさり別れるカップルなんて、ふつうにいるもんね。飽きっぽくて、新しいもの好きなのが若いってことなんじゃやない？」

「達観しているね、ひなかちゃんは」

「あたしは、朝姫ちゃんよりは先に自分の失恋と向き合ってきたから」

ひなかは朝姫より先に希墨に告白して振られていた。

「もう立ち直れたの？」

「どうだろう。次の恋なんて想像もつかないし、いつか自分にとって運命の人に出会うことを期待した方がとりあえず気楽なんじゃやない？」

「そもそもさ、希墨くんとヨルカの方が例外なのよ」

朝姫は愚痴るように切り出す。

「スミスミがよく言う『ふつうだ』って謙遜は的外れだよねぇ。むしろ超特別だし」

ひなかも同意見だ。

ただの、ふつうな男が、あの有坂ヨルカと付き合えるわけがない。

まして好意を寄せていた女の子達が集まっているグループが成立していること自体、奇跡にも等しい。

「うん。ほんとうに特別なのは、実は希墨くん」

朝姫もひなかも、恋に恋する少女ではない。

運命の人なんてものはしょせんフィクションの中の存在だという認識だ。

それでも語りたくなるのは、瀬名希墨と有坂ヨルカの両想いに夢を見たくなるからだ。

「大概の人は勘違いしているよね。スミスミがヨルヨルに選ばれたんじゃなくて、スミスミが選んだ女の子がヨルヨルだったたっていうのが真実だよ」

みんな、表面的にしか人間を見ていない。

文化祭のステージでしかふたりを知らない生徒は、冴えない瀬名希墨が美人の有坂ヨルカに見初められた格差カップルだと誤解している。

「だって恋愛相手としてのヨルカって美人だけど超めんどくさいじゃない。非ラブコメ三原則とか、嫉妬深いにも程があるもの。ふつうならしんどくなって、すぐに音を上げるわよ」

だが、実際は逆なのだ。

誰とでも上手くやれるような隠れた魅力のある男が惚れたのが、有坂ヨルカなのだ。

「それでもスミスミは、ヨルヨルしか目に入っていなかったんだよね」

朝姫とひなかは、恋に破れた。

自分達が選ばれなかった理由は、有坂ヨルカの魅力に勝てなかったからではない。

ふたりがお互いにとって特別だったからこそ、瀬名希墨は他の女の子に目移りすることなく一途であり続けたのだ。

「私は、恋愛は相性とタイミングだと思ってきたけど、そんな理屈が通じない特別な恋愛も世の中には確かにあるのかもってやっぱり信じたくなるな」

「プロポーズの後にアメリカ行きの話なんて、トラブルってほんと予測がつかないよね」

ひなかは、その問題を思い返して不安そうになる。

「結局のところ、運命の人に出会ったのが、たまたま高校時代だったからややこしくなっているだけなのよ」

朝姫は神様の不手際に、悪態をつきたくなる。

せめて大学生くらいのタイミングで会っていれば、瀬名希墨と有坂ヨルカがこうして必要以上に苦しむこともないのだ。

むしろタイミングが悪いにも拘わらず、結ばれていることに両想いの強さを感じてしまう。

「大丈夫。スミスミが最後の最後で強いのを、あたし達はずっと見てきたものね」

ひなかはかつて恋をしていた相手を、最後まで応援すると決めていた。

「がんばれ、ヨルカ。あなたが希墨くんの恋人なんだから」

朝姫はかつての恋敵に、心からのエールを送った。

外野である彼女達は結末を見届けることしかできない。

すべては移ろいゆく。

時代も、環境も、人の感情も関係も。

その中で変わらないでいられるのは並大抵のことではない。

高校生の恋愛が、ままならない現実を乗り越えられるのか。

どうか、彼らの両想いが最後の瞬間まで幸福な夢であり続けますように。

◇◇◇

雪により遅延しながらも、電車はなんとか目指していた温泉地である修善寺駅に辿り着いた。

駅舎を出ると、雪を孕んだ白い風に晒される。

東京にいた時よりも二段階くらい寒い。

身体の芯から凍えそうになりながら、雪で滑らないようにヨルカのいるであろう喫茶店へと向かう。足元は雪が積もり、油断するとスニーカーの靴底が滑りそうになるから歩みは慎重になってしまう。

　ちょうど店の前に着いたタイミングで扉が開いた。

「うぅ〜寒い。ヨルちゃん、お店まで歩くのしんどいからタクシー拾おう」

「うん……」

　寒さに震える有坂姉妹は、こちらに気づかないまま俺の方に歩いてくる。

「ヨルカ」

　俺は正面から声をかけると、彼女達の足が止まる。

「……――、希墨？」

　幻でも見ているかのように、俺の恋人は信じられないという顔で固まっていた。

「おう」

「なんで!?　なんで希墨がここにいるの？」

　ヨルカは慌てて、こちらに駆け寄ってくる。

「あぁ、バカ。雪なんだから走るなって！」

　案の定、足を滑らせて倒れそうになるのを俺はギリギリのところで受け止める。

「落ち着けって。正月早々怪我でもしたら大変だろう」

　来て早々、恋人に怪我でもされたら目も当てられない。己の行動が裏目に出すぎて、大凶の恐ろしさに震えていただろう。

そんなバッドな展開は絶対にさせん。

「大丈夫か？　足とか捻ってない？」

俺はひやりとしながらも、腕の中にいるヨルカに怪我がないことを確認する。

「本物だ。希墨が、ここにいる」

ヨルカはしがみつくように背中に手を回して、全身で俺という存在を感じていた。

「本物に決まっているだろう。むしろヨルカが他の男に抱きついてたら、俺は泣くぞ。マジで死にたくなる」

「そんなことするわけないでしょう！」

「わかっている」

「けど、どうしてここにいるの？」

ヨルカは俺の冷えた手を取り、その存在を確かめる。

ずっと室内にいた彼女の手が温かくて、ずっと触れていたかった。

「初詣に行ったらおみくじが大凶でさ、別の神社で引き直そうと思って」

俺は適当な理由を答える。

「それで、こんな遅くに来たの？」

「アメリカほど遠くないさ」

「そりゃそうだけど……」

ヨルカは嬉しいけれど、どこか複雑そうな表情だ。

自分の電話で俺が来たということをわかっているから非常に申し訳なさそうに肩を落とす。

「ヨルカにしばらく会ってないから、俺もさびしくてな。あけましておめでとう」

「〜〜う、わたし、だって、そうだよぉ。あけおめぇ」

ヨルカはまた俺に抱きつくと、そのまま子どもみたいに泣き出した。

迷子が家族を見つけた時みたいに全身で声を上げる。

「泣くほど嬉しいのか？」

俺は軽くヨルカの頭を撫でる。

「当たり前でしょう！　希墨好き〜〜」

「俺も大好きだよ。雪の中でハグするのも乙なもんだな」

「わたしはいつでもしたい」

「俺だって。……お父さんと話したんだな。よくがんばった」

まずは勇気を出した彼女を労う。

その言葉に、ヨルカは絞り出すように答える。

「……家族ってやっぱり難しいね。どうしていいか、わかんなくなる」

ヨルカは耳元で吐露する。

「そのために俺は来たんだ」

視線の先ではアリアさんが立っていた。

「きみは、ヨルちゃんのことになると情熱的だよね」

「ご迷惑でしたかね？」

「ヨルちゃんのその反応が答えでしょう。さっきまでずーっと凹んでいたんだから」

「アリアさんに先越されて、空振りかと思いましたよ」

「私のかわいい妹を嬉し泣きさせられる男がよく言うよ」

「俺の専売特許なので」

「で、どうするの？　東京にこのまま連れて帰る？　私は止めないけど」

アリアさんは端的に問うた。

それもひとつの選択肢としてアリだろう。

「いえ、それは結論の先延ばしです。俺は、ご両親に一言ご挨拶したいです」

迷わずここに来た用件を告げる。

「そりゃ直接出向いてきた以上、当然だね」

アリアさんは楽しげに笑う。

「希墨……いいの？」

ヨルカは複雑な態度で俺の目を見上げる。

「覚悟は決めてきたからな」

俺は強がってみせる。

「あ。スミくん、殴り合いとかNGだよ。一応は私達の親でもあるからさ」

「一般的に殴られるのは、娘の彼氏の方だと思いますけど」

「さすがにパパも手は出さないでしょう、多分」

アリアさんは苦笑する。

「お姉ちゃん！　いくらパパでも、それはないよね？　ね!?」

姉の曖昧な反応に、ヨルカも不安そうな声を上げる。

「わっかんないよ。パパ、なんだかんだ言っても私達のこと超大好きじゃない。私だって恋人を紹介したことはないんだから、どんな反応をするかなんて想像もつかないし」

仲のいい美人姉妹はふたりで騒ぐ。

それでもヨルカは俺から決して離れない。

すると、雪の中で俺達の近くに一台のクルマが横づけされた。

そのクルマには見覚えがあった。確か文化祭の時にアリアさんが運転してきたものだ。

左ハンドルのため運転席は路上側に面している。

その窓が下りると、ひとりの男性の顔が現れた。

「…………、ヨルカ。そっちの彼は？」

挨拶も抜きに質問してくる。

男性の落ち着きある声には動揺の色は見られない。それが俺にはひどく無機質に聞こえた。

夜で車内だから、年齢相応の皺が刻まれた顔からは感情が上手く読めない。

仕立てのいいジャケットにタートルネック、手首に巻かれた高級腕時計、そして年季の入った結婚指輪。

男性の硬質な視線は、俺とヨルカを現実に引き戻すには十分すぎた。

俺とヨルカは路上で今もぴったりと抱き合ったままであることに気づく。

我に返った俺達はすぐに離れる。

「あら、もしかしてあなたが希墨くん？　いつも娘がお世話になっています」

さらに助手席に乗っていた女性が声をかけてくる。

俺の名前と顔を知っている謎の女性は、娘と言った。

つまり、このおふたりはヨルカの――。

「パパ、ママ⁉　えっと、これはその！　雪で寒くて、暖を取っていただけで！」

ヨルカも超テンパっており、回答が支離滅裂だ。

こちらから出向く前に、先方の方から来てしまった。

問い／はじめて会う恋人の両親に、抱き合っているところを見られた気持ちを述べよ。

「……はじめまして。娘さんとお付き合いしている、瀬名希墨と申します」

答え／超気まずい。

◇◇◇

さて、俺はそのまま有坂家と夕飯の席を共にすることになった。

喫茶店の前での初遭遇後、このまま夕食に行くから一緒にとクルマに乗せられる。

『旅館のかしこまった夕飯より、こっちの方がいいだろう』というお父さんの意見で、昔から有坂家で行きつけという和風居酒屋へ向かった。

店の大将はヨルカやアリアさんを小さな頃から知っているらしく、ふたりを見るなり綺麗になったねぇとデレデレに眦を下げ、最後尾についてきた謎の人物である俺を見るなり目つきが鋭くなる。明らかに値踏みされていた。飲食業とは思えぬ厳しい視線だ。

『旦那。こちらの見慣れぬ坊ちゃんは？』

『ヨルカの彼氏だ』

『へぇ！　もう一緒にご旅行ですか？』

『いや、わざわざ娘に会いに来たから連れてきたんだ』

座敷に通されるまでの、店の大将とお父さんの短い会話だけで死にそう。

もちろんヨルカのご両親に会うつもりで遠路足を運んだわけだが、ノータイムで夕飯の席に招かれるという急展開。

ラスボス戦の前には、最後のセーブくらいさせてくれよッ!?

いきなりシームレスに戦闘がはじまったぞ!

そういう内心の動揺を見せぬように、平静を保つ。

ここでご両親の俺に対する印象を損ねれば、理想の未来が遠ざかりかねない。

「希墨くん、遠慮しないでいっぱい食べてね。娘の恋人との食事なんてはじめてだから、ママ楽しくなってきちゃった」

乾杯を終えると、ヨルカのお母さんは満面の笑みで料理を勧めてくる。

長い黒髪が印象的で、娘達の目の大きさや肌の白さは完全にお母さん譲り。娘ふたりを生んだとは思えない美しさと知的な面立ちをしている。いかにも仕事をバリバリこなしていますという快活さとパワフルさを感じさせた。

その横では、ヨルカのお父さんが座る。

先ほどから口数は少なくポーカーフェイスを保っているため、その胸中でなにを考えているのかを読み取れない。最初はどこか不機嫌な印象だったが、こうして灯の下で顔を見ると長年の疲れが抜けきっていない、という様子だ。

美味しそうな料理が運ばれてくるテーブルを挟んでご両親と対面する形で、ヨルカとアリアさんの間に俺は座らされていた。

「ママ。希墨の分はわたしがよそうから大丈夫よ」

　俺のとなりに座るヨルカは、俺の分の取り皿を持つ。

「こんな面白い状況でお酒が飲めないのが残念」

　アリアさんは帰りの運転を任されているため、俺達と同じくソフトドリンクを飲む。

「お正月から家族水入らずの時間にお邪魔して申し訳ありません。また先ほどは、そのヨルカさんとの抱擁は、彼女が倒れそうになったのを咄嗟に抱きとめただけでして。普段は節度あるお付き合いをしております」

　タイミングを見図りつつ、俺はまず謝罪と弁解をする。

「スミくん、超ぎこちない。緊張しているのもわかるけどリラックスしなって」

「わかっているなら茶化さないでくださいッ！」

　もはやアリアさんのいじりを受け流せる余裕はない。

「希墨、わかるわ。わたしも希墨のご家族に会った時はそんな感じだったもの」

　ヨルカも俺に共感することで、少しでも寄り添おうとしてくれたのだろう。

「もう彼氏くんの家族に会っているのか、ヨルカ」

　お父さんの反応にいちいち身構えてしまう。

　落ち着け、ただヨルカの発言を反復しているだけだ。必要以上に深読みすると余計に消耗するぞと自分に言い聞かせる。

「うん。文化祭に来ていた時、ご挨拶させてもらった。やさしいご両親とかわいい妹さんがいて、とっても仲良しなの」

ヨルカは実に楽しげに瀬名家のことを紹介してくれる。

「今は素直に話してくれるな」

「……この状況でわたしだけ黙っているわけにはいかないでしょう」

お父さんは娘と話せて嬉しそうで、当のヨルカは渋々という顔をしていた。

俺がいる手前、ヨルカの態度も軟化しているようだ。

「これが文化祭のライブの後の写真でね、ここに写っているのが希墨の妹さんなの」

ヨルカは誤魔化すように自分のスマホをご両親に手渡す。

俺の机にも飾っている写真だ。汗だくになりながらも達成感に満ちた表情が並ぶ。

「ライブの映像も見たわ。ヨルカちゃん楽しそうだし、希墨くんもカッコよかった」

ヨルカから聞いていた通り、お母さんは俺に親しげなのがすごくありがたい。

「あとプロポーズもね」

お母さんはそう付け加えて、ニッコリと微笑む。

その好意的な反応に安堵した直後、お父さんが「若いな」とボソリと呟く。

俺は、思わず飲みかけたコーラを吹き出しそうになる。

この緩急、すごく疲れる。

「わたしにとっては、人生最高の瞬間だったもの！」

ヨルカはムキになって声を上げる。

娘に睨まれながらも、お父さんは静かに盃を傾けていた。

怒っているヨルカ相手に平然としていられるのだから、さすが親である。

「ほんと、いいライブだったんだよ。私も聞いてて思わず泣いちゃったもの」

アリアさんが話を戻すように、さらりと言い添える。

「え、お姉ちゃん泣いていたの⁉」

「初耳ですよ」

アリアさんが泣くなんて、かなり意外だった。

「恥ずかしいから言うわけないでしょう。……やっぱりソフトドリンクだと物足りないわね」

「酔って変なことされる心配がないから、俺は安心ですけどね」

「相手は選んでいるわ。紫鶴ちゃんやスミくんくらいよ」

ウーロン茶を傾けながら、アリアさんは堂々と言ってのける。

「希墨くんは、アリアちゃんとも仲良しなのね？」

お母さんの感想は俺にとってむず痒い。どこまで行っても有坂アリアは頭の上がらない年上のお姉さんで、俺はフラットな関係とは認識していない。

気心が知れて頼りにしているが、仲良しという表現はどこか違う気がした。

「アリアさんは恩人です。僕が中学の時に通っていた塾で講師のアルバイトをされていたのでその頃からの付き合いなので」

かしこまって、思わず一人称も俺から僕になってしまう。

「中々に劣等生だったんだけど、ちゃーんと合格させました」

アリアさんはドヤ顔でピースサイン。家族の場だとノリがいい反応をするのだな。

いつも余裕のあるお姉さんだと思っていたから、娘としてのアリアさんを見るのはなんだから新鮮だった。

「じゃあヨルカちゃんより先にアリアちゃんと出会っていたの。ご縁があるのね」

「おかげさまで」

俺も自分のグラスに入ったコーラを一口含む。やっぱり喉の渇き方が尋常ではない。

「それに、旅先まで会いにきてくれるなんて頼もしい彼氏さんね」

「もしかしてヨルカが呼びつけたんじゃないか？　こんな雪の日に大変だっただろうに」

ご両親は、正反対の感想を述べてくる。

「いえ、僕が勝手に来ました。ヨルカさんはなにも言っていません」

ヨルカの名誉のために、そこはきっちり主張する。

「希墨くんは、すごくヨルカちゃん想いなのね」

お母さんは俺の答えに満足げだ。

「まだ三が日も明けていないんだぞ。彼は高校生だし、ご家族も心配されているだろう」

あ、しまった。家への連絡をすっかり忘れていた。

タイミングを見計らって、トイレのついでに電話しておこう。

「それはもちろんそうですけど、女としては嬉しいものじゃない。ねぇヨルカちゃん？」

「うん」

ヨルカは、お母さんの意見に満面の笑みで同意する。

少なくともお母さんの反応を見る限り、俺の件でヨルカが家族内で孤立していないことがわかって安心した。

やはり問題は、お父さんだろう。

ヨルカはお母さんやアリアさんと話してばかりで、お父さんの方をあまり見ない。

お父さんはあまり口を開かない代わりに、お酒のペースは速い。

俺もとりあえず料理に手をつける。あ、めっちゃ美味い！

美味しい料理を堪能するうちに俺の緊張もほぐれてきた。

神崎先生の代理彼氏で似たシチュエーションを経験したのも幸いした。

どんな経験が役に立つのか、わからんものだ。

ご両親もお酒が進むにつれて段々と口数が増えてきた。

もはや俺の存在などお構いなしに、おふたりの会話はエスカレートしていった。

「私は学生結婚だろうが、ふたりの愛が本物なら許しちゃうわ！　だって理解ある母親よ！」

お母さんは酔って赤くなった顔で言い放つ。

「えぇ!?　いいの！　やった、ママは話が分かるなぁ。好き！」

ヨルカは待ってましたとばかりにテンションを爆上げした。

ちょっと前から気づいていたのだが、ヨルカってお母さん相手だとめちゃくちゃ喋るんだよな。さっきも俺がクリスマス・プレゼントで上げた指輪を自慢して、お母さんと一緒になって盛り上がっていた。

人間、家族といる時とそれ以外では別人になるものだ。

「ほら、君がそうやって無闇に甘やかすから……」

「いいじゃないですか。希墨くん、いい子ですもの。私にはわかります！　もう私の息子同然です！」

嬉しいことを言ってくださるものだ。

「そうだ、そうだ！」

すかさずヨルカも同調した。

「君達似た者母娘は、どうしてそう結論を急ぎたがるんだ」

お父さんは日本酒の入ったお猪口を呷ってから忠告する。

「ヨルカちゃんのことだから一途な人を選んだに決まっているけど、放っておいて変な虫が湧いてきたら心配でしょう！」

そんな悠長な態度でどうするのと、お母さんは責める。

「他の相手に靡くかどうかは彼自身の問題だ」

「スミくんは真面目だから大丈夫よ」

アリアさんは、ふいにフォローしてくれた。

「アリアがそこまで言うなら、そうなんだろう」

お父さんは、あっさり聞き入れる。

これが長女の発言力なのか、はたまたアリアさんの信頼感なのか。

その姉妹での反応の違いに、横でヨルカが恨めしそうにお父さんの方を見ていた。

「恥ずかしながら、アリアさんがヨルカのお姉さんと気づいたのは去年の夏に再会した時がはじめてで。名字も一緒なのに結びつかないなんて、いやー僕も鈍いですよね」

ヨルカが爆発する前に、俺は自分の話を引き合いに出して会話の流れを逸らす。

「鈍いと言うより純粋に幼かっただけだろう。気にすることはない」

「恐縮です」

「逆に女の子は早熟だから困る。こっちの言うことなんて聞きやしない」

そう言いつつも、ヨルカやアリアさんを見つめる目はやさしかった。

「わかります。僕の妹が小学四年生なんですけど、口ばっかり達者で振り回されてばかりで」

「君の面倒見のよさは、妹さんで慣れているからか」

納得だ、とばかりに頷く。

お父さんはお酒の力もあり、最初に比べて饒舌になっていた。

「希墨くん。浮気はダメよ！　絶対にダメだからね！」

お母さんもかなりお酒が回っていそうだった。

「大丈夫よ、ママ。希墨にはきちんと非ラブコメ三原則を教えておいたから」

「当然。浮気は言語道断よ」

「他の子に対してラブコメみたいな真似も許さない！」

「ヨルカちゃん、ママの教えをちゃんと覚えていて偉いわ」

お母さんは手を伸ばして、テーブル越しにヨルカを撫でる。

非ラブコメ三原則の教えはどうやら母親譲りらしい。

「君も大変だろう？」

お父さんは同情するように、こちらに語りかけてきた。

「いえ、俺はヨルカ一筋ですから」

「……娘の父親としては安心できるが、男としては疑問だ。そんな簡単にひとりに絞るなんて、若い君はそれでいいのか？」

俺が迷わず答えると、悪魔のような質問を重ねてくる。

からかうような軽口や唆すような邪気はなく、むしろ気遣うような言い方だった。

俺はその問いかけに戸惑ってしまい、わずかな間が生じてしまう。

その一瞬を埋めるように、有坂母娘が一斉に反応する。

「あなた、娘の恋人相手に信じられない発言」

「うわ、パパ最低。さすがにないわ」

「なんでそんな酷いこと言うの！」

母と姉妹のジェットストリームアタック！

感情の大津波が怒濤のごとく押し寄せてくる。

なんというか気の毒になるほどの一方的な言われようだった。

俺がまともに口を挟めるような空気ではない。

「わかっただろう。うちの家族は女子だけですぐに結託するんだ」

三対一の圧倒的劣勢に、お父さんは悟り切った顔でこちらを見てきた。

「多数決じゃ敵いませんよね」

俺はそう言わずにはいられない。

こんな美人三人に毎回責め立てられたら、いかにメンタルが強くてもしんどいだろう。年末年始に温泉で仕事の疲れを癒したはずの中年男性には、拭いきれない悲哀や諦観が滲む。

「希墨はどっちの味方なのよ！」

頭に血が上ったヨルカが吼える。

「少なくとも敵じゃない。俺はあくまで許しをもらう立場だ」

きっぱりと明言する。

「彼の方が、よっぽど冷静だ」

ヨルカやアリアさんの言葉から想像していたイメージと比べて、実際のお父さんはずいぶんと穏やかな態度だった。俺は少々思い違いをしていたのかもしれない。

むしろ、俺の立場に配慮してくれている。そんな風にさえ感じてしまった。

「いい機会だから、ハッキリさせる！　わたしは日本に残る。アメリカなんか行かない。希墨と遠距離恋愛なんて絶対に嫌ッ！　これまで通り、楽しく学生時代を送るの！」

ヨルカは訴えた。

「彼がいると、いつも以上に強気だな」

「自分の人生かかっているんだもの。ムキになって当然でしょう！」

親子喧嘩が再びはじまろうとしていた。

ヨルカは臨戦態勢とばかりにお父さんを睨む。

一方のお父さんは淡々としていた。本心を伏せて、相手の出方を見ているようだ。

「よっぽど彼と付き合って、楽しい学生生活になったんだろうな」

「ええ。希墨は運命の人よ」

「——恋愛だけが人生のすべてではないぞ」

その指摘は、ぐうの音も出ないほど正しい。

「パパがそうやって正論でやりこめようとするのにはうんざり！」

「話をすり替えるな」

「好きな人と一緒に生きるのが人生の幸せよ！　否定しないで！」

「人生を賭けた判断をするには、自分が未熟であることを自覚しなさい」

ヨルカの感情的な発言を、お父さんは理性的に受け流す。

「自分にとって大事なものはわかっているッ!!」

「今は特別でも、時間が経てば自然と変わっていく。人間は飽きる生き物だ」

まるで若さゆえの勘違いとばかりに、お父さんの言葉は非情だ。

「変わらないものだってあるでしょう！」

「運命の人なら、遠距離恋愛でも問題ないだろう」

娘の発言を拾って火の玉ストレートで切り返すと、ヨルカは表情を歪めた。

「い、一方的な都合でわたしの人生を変えようとしないで！」

「子どもの将来を想えばこそだ。海外経験はヨルカの将来にも必ず役立つ」

「わたしは、そんなの求めていない！」

「もっと人生を長い目で見て、備えなさい。たくさんの経験は無駄にならない」

「未来を見ているからこそ、希墨しかいないの！」

「……そういう感情的な反応が子どもなんだ。だから大人になってほしいんだよ」

ヨルカは昂り、お父さんは揺るがない。

その対照的な態度を見れば、相性が悪いのは誰の目にも明らか。

長引く理由も、ヨルカが苦戦するのも当然だ。

しかも、お父さんはかなり手心を加えているように見える。

本気を出して、理詰めで畳みかけられてしまえば議論はとっくに終わっているだろう。

ムキになっているヨルカはそれにすら気づいていない。

アリアさんやお母さんの顔を見れば、またかという表情をして困っていた。

「大人になれば、認めてくれるの？」

「そうだな」

「じゃあ大人ってなによ」

「自分の行動に責任がとれることだ」

「わたしは、無責任なことはしていないわ」

「そうかな？　彼との話はヨルカからたくさん聞かせてもらったが、俺にはどうにもヨルカが彼を振り回しているようにしか思えてならない」

「どういう意味よ？」

「……、自覚がないのが子どもの証拠だ」

お父さんはため息交じりに断ずる。その仕草は妙に芝居がかって見えた。

それがヨルカの神経を逆撫でした。

「なにも知らないくせにッ」

「だから教えてくれ。運命の人なんて曖昧な誇張などせず、誰でも納得できるように」

「希墨のなにが気に入らないの？」

「俺が聞きたいのは、ヨルカ自身の気持ちや考えだ。今は彼のことは関係ない」

お父さんは逃がさない。

聞きたいことを聞き出すため、娘が無意識に他の話題へすり替えることを許さなかった。

ヨルカは、ついに言葉に詰まる。

いつものように感情で押し切ることが実のお父さんには通じなかった。

好きの気持ちだけでは説得材料に足りない。

——同時に俺は父と娘の口論を聞きながら、どんどん違和感を覚えていた。

どうして部外者である俺を前に、わざわざ喧嘩をはじめたのか？

きっかけは、俺との会話でなされた悪魔のような質問。

『そんな簡単にひとりに絞るなんて、若い君はそれでいいのか？』

お父さんのあの問いかけがなければ夕飯は和やかに終わっていた。

この場であんな言い方をすれば、ヨルカが怒るのは火を見るよりも明らか。

年頃の娘を持つ父親ならば、自分から嫌われるような言葉を口にするだろうか？

ヨルカのお父さんがそんな無神経な人には到底思えない。

わかった上で、あえて娘を怒らせた。

まるで現状を俺にわからせるように。

ヨルカの鋭い視線を物ともせず、お父さんは話を続ける。

「俺も男だ。惚れた弱みくらい知っている。男は本気で惚れた女のために、時にはバカみたいな無理を平気でする生き物だ。今日だってヨルカのために、彼は雪の中をここまで来た」

お父さんは一瞬、視線を俺に送る。

「わたしを想ってのことよ。そのやさしさのなにがいけないのよ！」

「愛情さえあれば、すべてが許されるものではない」

固い声で静かに叱責する。

「——、パパがアメリカ行きなんて言い出さなければ、こんな風に喧嘩をせずに済んだのよ。わたしはただ、希墨とずっと一緒にいたいだけなのに」

ヨルカは必死に泣きそうになるのをこらえていた。

「世界は君の感情だけで回らない。そういう甘えた考え方が幼いんだ」

ヨルカは大きく息を吸いこみ、なにかを叫ぼうとしかける。

「ストップだ、ヨルカ！　もうわかった！」

俺は親子の会話に割って入った。

有坂家の視線が、俺に集まる。

「……、希墨？」

「お父さんには、ヨルカがどれだけ俺のことを好きかは十分に伝わっている。むしろ伝わりすぎているくらいだ。だから——お父さんは安心できないいんだよ」

俺は、ヨルカを安心させるように彼女の瞳を見つめる。

かわいそうに。ヨルカは手負いの獣のように恐怖と不審に染まった表情をしていた。それだけ不安なのだろう。自分の大好きをことごとく否定されて平気でいられるわけがない。

だけど闇雲な好きの感情だけでは、ご両親は納得しない。否、できないのだ。


——その〝好き〟は人生を賭けるに値するか？


家族を愛しているからこそ迂闊な決断はできない。

以前の俺はふつうという言葉に囚われて、自分の真価を正しく認識できていなかった。

ヨルカも今、同じ状態だ。

ヨルカにとっては当たり前すぎる俺への好意が、どれだけ特別なのか。

本人が上手く理解できていないから、それを言葉にして具体的に伝え切れないのだ。

お父さんは先ほど言った。


『だから教えてくれ。運命の人なんて曖昧な誇張などせず、誰でも納得できるように』


ただの好きでは曖昧すぎる。

要するに、その答えを娘から聞きたいのだろう。

誰かを想う特別な気持ちが、この先の人生を左右するとしても構わないのか。

本来はそう簡単には言い切れない。

だが、ヨルカはあまりにもあっさりと断言しすぎている。

恋愛しか眼中にないと誤解されてもおかしくないような言動になっている。

だから、お父さんは娘のことだけを真剣に見極めようとする。

その証拠にヨルカのお父さんは、俺に対して否定的な言葉を浴びせることはしない。

単純に、俺がヨルカの恋人に相応しくない、高校時代の恋人はいずれ別れると大人の論理で黙らせる方がはるかに容易い。

親の言うことを聞きなさいと有無を言わさず従わせることだってできるのだ。

それなのに口論になろうとも、ヨルカとの話し合いを続ける。

瀬名希墨がこの場にいられることが、この家族がヨルカの今後についてまだ決めかねている証拠だ。

ならば俺達の両想いが現実に負けるにはまだ早い。

第九話　悲しくなる前に

「今日は遅いから泊まっていきなさい。もう君の分の部屋も取ってある」

その一言を告げられたのは夕飯を終えた直後だった。

すでに時間も遅く、降り続く雪で電車のダイヤも乱れているため今日中の帰宅は難しい。

俺は素直にお言葉に甘えることにした。

「子どもをこの大雪の中に放り出すわけにもいかないだろう。気にしなくていい」

「こんな時期に、しかも当日でよく部屋が空いてましたね」

「昔からの定宿だから多少は口が利くんだ」

食事と合わせて礼を述べると、お父さんはそう答えるだけだった。

アリアさんの運転で、有坂家の泊まっている温泉旅館に向かう。

運転席にアリアさん、助手席にお父さん。

後部座席にヨルカ、俺、お母さんという座り位置になっている。

車中の空気は重い。

あれからヨルカは黙ったままだ。

お父さんの言葉がかなりこたえたらしい。

お母さんにも「ごめんなさいね。喧嘩の後はいつもこうなの」と気を遣われてしまう。

「いえ、慣れていますので」

俺がそう答えると、お母さんは「あら、そうなの。希墨くん大物ね」と妙に驚かれていた。

出会った頃の有坂ヨルカに比べれば、この程度かわいいものだ。

今となっては彼女の本心も想像がつく。

顔を背けて、真っ暗な窓の外を眺めるヨルカの手をこっそり握る。

彼女は口こそ開かないが、俺の手を素直に握り返した。

雪の中を安全運転で、旅館に到着。

歴史のある立派な建物は一目で高級旅館であるとわかり、雪の中で眺めるとさらに風情がある。なんだか古い日本文学の世界にでも迷いこんだ気分で畏まってしまう。

外観は格式高い旅館だが、中に入ると現代的な内装。和風の高級ホテルといった趣だ。広々としながらも、バランスよく配置された調度品等のおかげで寒々しさはなく心地のいい落ち着いた雰囲気である。

「今日はごめんね」

なにも謝ることなんてないのに、ヨルカはそう言って先に部屋へ戻ってしまう。

ご両親がフロントで俺の分の手続きをして、部屋の鍵を受け取る。

「君ひとりの部屋だ。不足があればフロントに遠慮なく電話するといい」

朝食は朝の八時で部屋まで運ばれてくるそうだ。部屋の内風呂とは別で大浴場もある。館内には喫茶室に遊戯室、バーなども設備も充実。館内をうろつくのも楽しそうだが、緊張による疲労でその元気はなかった。

「俺はそこのバーで飲んでいく。——君も来ないか」

フロントから移動しようとしたところ、お父さんは俺を単独指名。

「……その方がいいかもね。希墨くん、悪いけどパパに付き合ってもらえる」

「男同士でしか話せないこともあるでしょう。スミくん、よろしく」

お母さんやアリアさんも賛同した。

「先にバーに入っている。もし必要なら家に連絡を入れておくといい。アリア、なにかあれば君から彼のご家族に説明をしてあげなさい」

お父さんも気を遣ってくれたのか、俺に心の準備をする時間をくれたようだ。

お母さんも先に部屋に戻られ、この場には俺とアリアさんだけが残された。

「長女として信頼されてますね、アリアさん」

「私達みたいな上の子は、先に大人になりなさいって知らぬ間にプレッシャーを感じて育つからね。たまに下の子は気楽でいいなって思わない？」

「まったくです」

長男である俺と長女であるアリアさんは妹を持つ身として共感しかなかった。

バーに向かう前に、俺は一旦外に出る。

外の空気を吸って緊張をほぐすためと、家に電話をかけるためだ。

「私も付き合うよ」

「寒くありません？」

「そんなに長くはかからないでしょう？」

外はしんしんと雪が降り続く。

連絡して、泊まる件を伝えると当然のように母親から叱られた。

対応に窮していると、アリアさんがいきなり俺のスマホをとって電話に代わる。

「お母様ご無沙汰しております。希墨さんが通っていた日周塾で講師をしておりました有坂アリアと申します。覚えておいでですか？　――、はい、実はヨルカの姉なんです。ええ、私も妹から付き合っている相手が彼と聞かされた時は驚きました。――いえ、妹がむしろ希墨さんにご迷惑をかけましたのでこちらでお世話させていただくのは当然のことです。――、そんなご丁寧にありがとうございます。大事な息子さんをきちんとお返ししますのでご心配なく。――、では失礼致します」

アリアさんは「はい、これで大丈夫でしょう」とスマホを返してくる。

「うちの親と話したことあるんですか？」

「当たり前でしょう。塾に通ってた時、スミくんが居残りで遅く帰ったことが何回あったと思っているのよ。その度にご自宅に連絡入れておいたんだから」

知らなかった。

俺が毎度のように夜遅くに帰るから、親もそういうものだと受けとめているものだと思っていた。まさか裏でアリアさんが連絡を入れていてくれたとは。

結局、自分ひとりでがんばっていたつもりでも知らずに周りの大人達から助けられている。

子どもは目に見えるもの、手の届く距離をこなすので精一杯で、中々周囲のサポートには気づかない。

「アリアさん、今日は初耳が多すぎますよ」

「フォローするのが大人の役目でしょう。別に当たり前のことをしただけよ」

「いつも頼ってばかりですみません」

そのありがたみを噛みしめる。

「ねぇ。最後にひとつだけ訊いていい？」

「なんですか？」

「もしもだよ、ヨルちゃんとほんとうに別れることになったらどうするの？」

「……さぁ、考えないようにしていますす」

「自信があるんだ」

「違いますよ。そんな最悪な結末、想像するだけでツラいですから」

恋愛の終わりを意識しながら恋をするのはさびしくて切ない。

すべての過程が終わりに向かう儀式のように思えて、なにも楽しめなくなる。


「――ダメだったら、私がスミくんを受け止めてあげるよ」


「アリアさんが？」

「受験だって滑り止めを用意しておくでしょう？」

「俺にとってアリアさんは特別な人です。だから、恩人をそんな風には見れません」

「年上じゃダメ？」

「関係ありませんよ。アリアさんは魅力的です。もしも色んな順番がぜんぶ違っていたら、俺が恋をしていたのはアリアさんです」

「そう、なんだ」とアリアさんはにわかに動揺してみせる。

「だけど、それは俺とアリアさんが永聖に合格するために一緒にがんばってきた過程があるからです。きっとお互いにゼロの状態で、違うタイミングで会っていたら――アリアさんは、俺を好きにならないと思います」

「……いつから気づいていたの？　私がきみを好きだって」

アリアさんはどこかスッキリした表情に変わる。

「決定打になったのは、文化祭に送ってもらった時です」

「ヘロヘロだったからキスくらい誤魔化せると思ったのにな」

「いくらライブ前の激励でも、さすがに妹の彼氏の頬にキスをするのは……」

「それで、急に連絡をくれなくなったの？」

「意識しちゃうから仕方ないでしょう」

その可能性を自覚した途端、これまでのアリアさんとのやりとりが急に違った意味を持ちはじめる。七月に再会し、その親しげな距離感はあくまでも元教え子と講師のものだと思っていた。だって有坂アリアが俺なんかを好きになるはずがない。

自分を恋愛対象外だと思っていたからこそ、俺はアリアさんとふつうに話せていた。

その思いこみを外すと、男女のやりとりとして恋愛的な心当たりが多すぎた。

偶然を装った確信犯的な接触が、実は結構あったようにも思える。

冗談に見せかけた言葉が実は本気だったのなら、俺はどれだけの不義理を働いたのだろう。

「それって私にも脈があるってこと？」

「大晦日に髪を切った姿を見て、勝手に罪悪感を覚えるくらいには」

「ちょっとだけ嬉しいかも」

照れる表情は恋する乙女そのものだ。

「俺はそもそもアリアさんのことが好きですよ。だから甘えて、つい頼っちゃうんです。この賢くて綺麗なお姉さんに相談すれば、どうにかなるかもって。それが、アリアさんの負担になっているなんて考えもしなくて……」

それが包み隠さぬ正直な本音だ。

ただ、好きの感情がすべて恋愛に発展していくとは限らない。

「きみは違う子との恋愛に夢中で一途だったから、気づかないのも無理ないよ」

「どうしてこのタイミングなんですか？」

「いい加減、踏ん切りをつけたかったんだ」

アリアさんはきっぱりと告げる。

「指切りじゃ足りなかったみたいですね」

「ああやって気安く触れ合いたくなるのが、そもそも未練がましい証拠だよ」

「俺も似たようなものです」

今ならヨルカの非ラブコメ三原則の意味がわかる。

それは俺とヨルカのためでもあり、他の人のためでもあった。

余計な期待を持たせて、誰かの淡い恋心をそれ以上育てず傷つけさせないためだ。

「すべての恋が報われればいいのに、恋愛って残酷だよね」

「すみません」

「いいの。それまで私も散々口実をつくって会おうとしてたから」

「アリアさんも男の趣味が変わっていますよね」

「スミくんはいい男だよ。好きになったのは私の都合、自覚したのが遅いのも私の責任、勇気を出せなかったのは私の保身。それが、私の遠回りな初恋」

胸が、締めつけられる。

この人を傷つけたいわけじゃない。

ただ、俺達の間にあったかもしれない恋が花開くには遅すぎた。

再会した俺達はどこかで、あの頃の淡い繋がりの延長戦を楽しんでいたのかもしれない。

無自覚な共犯関係であり、どこかで馴れ合っていたのだ。

過去をよく知り、成長した相手と再会したことで当時の感情に変化をもたらしてしまった。

だが思い出は美化されても、会わない間に現実の方はとっくに先に進んでいた。

再会させた相手こそ、俺達が絶対に裏切れない大切な人。

俺の恋人であり、彼女の妹だった。

時が戻っても恋にはならず、無理に先へ進むことを選んでも痛みは避けられない。

「俺はあの頃でさえ中学生のガキなんですから、今以上に気後れしちゃいますよ」

「――けどさ、どこかで期待もしちゃうんだ」

可能性を感じることが判断を狂わせる。

その直感が正しいとは限らず、むしろ避けた道こそ正解の場合もある。

ただ、なにも起きなかった時が正解の場合は往々にして、それが正解だとわかりにくい。

だから人はいつまでも迷ってしまう。

その踏ん切りをつけるための儀式を必要とする。

指切りや、ずっと伸ばしていた髪を切り、あるいはこうして言葉にして吐き出すように。

アリアさんが今まさにそうだった。

「俺は不器用だから、ひとりじゃないとダメなんです」

「私は、別に気にしないよ。妹の元カレでも私が幸せになれるならそれでいいもの」

「そうやって、強がるあなただけが傷ついて、失わせたくありません」

もしも有坂アリアを選ぶことになれば、きっと妹のために彼女は家族から距離を置く。

この人はそういうことができてしまう人だ。


「──お互い、あの子のことも大好きだもんね」


その気持ちがある限り、俺達の結末は最初から決まっていた。

「はい。その気持ちは変わりません」

俺が好きなのは有坂ヨルカだ。

「この先も長い付き合いになるんだから気にしないで。どうせヨルちゃんには私の気持ちなんてとっくにバレていたんだから」

おそらくは神崎先生の代理彼氏を務めていた時だろう。

瀬名会のみんなが俺の方に来てくれる中、ヨルカだけはアリアさんと一対一で話していた。

隠し事のないヨルカも、あの時のことだけは決して話してはくれない。

それはつまり、そういうことなのだろう。

「どんだけ姉妹仲良しなんですか」

「当然でしょう。同じ男の子に惚れるくらいなんだから」

アリアさんは誇らしげに笑う。

「だから、私の妹を助けてあげて」

最後に交わされた言葉と共に、雪は静かに遅すぎた恋を隠していった。

◇◇◇

薄暗いバーのカウンターで、有坂さんはウイスキーグラスを傾けながら待っていた。

「お待たせしてすみません」と俺はとなりの席に腰かける。

「ずいぶんと時間がかかったようだが、大丈夫だったかい？」

「ちょっと話が長くなってしまいまして。最後にアリアさんに助けてもらったので」

「そうか。君もなにか飲み物を頼むといい」

「ジンジャーエールでお願いします」

目の前でオーダーを受けたバーテンダーは準備に取り掛かった。その静かで手早い動きはパフォーマンスのような見事さがあり、目を奪われる。

「お待たせいたしました」とバーテンダーは丁寧に前に置く。

コースターの上に乗った細長いグラス、カットしたレモンが添えられており、黄金色の透明な液体の中で小さな気泡が弾ける。

当たり前のことだがジンジャーエール一杯でも、ファミレスのドリンクバーとは大違いだ。

飲み慣れているはずの飲み物でさえ違って思えてくる。

「そう畏まることはない。話しやすいように喋ってくれ。こちらも君と落ち着いて話をしてみたかっただけだ。先ほどは家族の恥ずかしい場面も見せてしまった」

「こちらこそ俺がいたせいで、ご迷惑をおかけしました」

一人称を僕から俺に直す。

「――君が来たおかげで、年頃の娘を持つ父親らしい経験をさせてもらっているよ」

もちろん、向こうも先ほどよりは砕けた態度で、率直に語る。

「俺も、こんなに早く『娘さんを僕にください』という日が来るとは思いませんでした」

「なんだ、本気で結婚の許可をもらいに来たのか？」

「てっきり、別れさせられるのかと思っていたので」

父親と娘の恋人は、視線をぶつけ合う。

「実際なんとも妙なものだ。こうして酒でも飲まないとやっていられない」

お父さんがグラスを回す。

「お酒が飲めるのが羨ましいです。こっちはシラフなので」

「誤解しないでくれ。俺は案外面白がっているんだ。うちは男が自分ひとりだから、女性陣に負けっぱなしでね」

「お店での押されっぷりはすごかったですね。ここだけの話、ちょっと恐いくらいでした」

「おかげで迂闊なことは口走れない」

困ったものだと肩を竦めていた。

「でも、あの時の失言ってわざとですよね？」

「なぜそう思う？」

「有坂家の日常を俺に見せるためですよね」

「その観察眼は大切にしておきたまえ。一生役に立つ。特に家庭生活では」

やはり正解だったららしい。

「息子がいたら、こんな感じで将来酒を飲むのだろうか」

少しだけ空気が打ち解けたところで有坂さんはグラスを呷ると、しみじみと語る。

「うちの父親も、俺と酒を飲み交わすのを楽しみにしているみたいです」

「家族は大事にするべきだ」

「はい」

「……、文化祭の動画を見せてもらった。本気か？」

お父さんはズバリ問うてくる。

「本気です。心の底から言いました。その場のノリや勢いではなく、嘘偽りなく瀬名希墨から有坂ヨルカへのプロポーズです」

俺は、恋人の父親を真っ直ぐに見ながら答える。

「焦らなくてもヨルカは君にベタ惚れだよ。それは散々聞かされた」

「えっと、それは具体的には……」

「娘の惚気を父親に語らせるのか。君もいい度胸しているな」

「ご存じの通り、ヨルカは感情が高ぶるとオーバーな表現が多々見受けられるので」

「父親だ。それくらい知っている」

「なので、実態との落差はご容赦いただければ」

「いや、君は聞いていた通りの子だよ」

「ほんとうですか⁉」

その言葉に、俺の肩の荷が軽くなった。

「わざわざ雪の中に乗りこんできたのに、そんなに緊張していたのか？」

俺の反応がツボにハマったらしく、低く笑っていた。

「そりゃ、俺からすれば討ち入り同然ですから」

「忠臣蔵にしては人数が少ないな」

神崎先生の時は大人数で押し切ったけど、今回はそうもいかない。

「俺なりの覚悟を示すためです」

「君が来たおかげでヨルカがまた喋るようになった。ま、帰りのクルマでは逆戻りだが」

「彼女を子どもっぽいと思われます？」

親に真正面から自分の言葉をああも言い返されれば、話をしたくなくなるのも当然だ。

「いやいや、小さい頃のヨルカを思い出してかわいいものさ」

これが父親というものか。娘の冷たい態度にもめげずに接する度量の広さ。さすがである。

同時にその距離感とやりとりには、なんだか身に覚えがある。

「ヨルカも最初は俺に対してそんな感じでしたね。扉を開けた瞬間から、帰れって怒られました。それが一年生の終わりくらいまで続いて」

「それでも、君は告白したんだろう」

どうやらヨルカはほんとうに一から十まで俺達の馴れ初めを伝えていたらしい。

「話しているうちに、どうしようもなく好きになっちゃいまして」

今となっては笑い話だ。我ながら、よくぞめげずに美術準備室へ通ったものである。

「念願かなって惚れた相手と付き合えたわけだ」

「奇跡が起きました」

「君とヨルカは確かに両想いなのだろう。君の方はずいぶんと大人で、しっかりとした覚悟を感じられた。娘を大切に思ってくれている。それは信用できる」

「じゃあ」

「だけど、ヨルカ自身がまだ子どもだ。あの子は自分の感情に振り回されやすい。それは君も覚えがあるだろう」

「そんなの、かわいいもんじゃないですか。惚れた女のワガママなんて男にとっては楽しいもんです。どこまでも付き合いますよ！」

「──それが、君にとって良くないと言っているんだ」

「俺にとって？」

「親バカで恐縮だが、娘達は母親に似て美人に育った。好かれれば、大抵の男はイチコロだ。夢中になって骨抜きになり、いくらでも言うことを聞いてしまう。今日の君がまさにそれだ」

「惚れた弱みでいいじゃないですか。そんな相手と一緒にいられるのは幸せですよ」

「文化祭で倒れた君が、病院を抜け出してもか？」

「あれは、俺が自分の意志でやったんです」

「しかも病院まで送ったのはアリアだと言うじゃないか。まったく姉妹(しまい)揃(そろ)って一体なにをやっているんだ」

お父さんは呆(あき)れながら、またグラスを傾(かたむ)ける。

「みんなが俺を待っていて、文化祭の成功にはバンドとしてステージに立つ必要があったんです。俺はメンバーとしての責任を果たしただけです」

「人生、時に無理を押し通さなければならない。私もそういう経験はある。――だが、それを誘発(ゆうはつ)したのが自分の娘(むすめ)達だと言うなら、親として叱(しか)らなければならないんだよ」

「誤解ですよ！」

「よその家の子である君が無理をしたことで怪我(けが)でもしたらどうする？　過労で倒(たお)れた以上に深刻な事態に陥(おちい)った時、君の親はどう思う？　私が親ならとても心配になるし、そんなことを唆(そそのか)した相手には正直腹を立てるよ。決して許すことができないだろう」

できるだけ感情を交えず、最悪の想定をしてみなさいと投げかけられる。

――その正しさを覆(くつがえ)すのは難しい。

俺の表情を読んで、お父さんは頷(うなず)く。

「君はきちんと相手の話を聞ける子だ。こちらの言葉を遮らず、しっかり受け止め、自分なりに考え、感情的になって迂闊なことを口走らない。……ヨルカはどうにも、そういうところが苦手でな」

その短所さえ愛おしいとばかりに、となりの男性は父親の顔をしていた。

「有坂さんとヨルカが議論にならないのも納得です」

ヨルカだって年齢の割に幼いわけではない。

むしろ賢いヨルカなら、議論は同世代と比べれば遥かに得意な方だろう。

ただし、今回の相手は次元が違いすぎる。相手は自分の父親であり海千山千のビジネスマンとタフな交渉を重ねて結果を残してきたプロ中のプロだ。

「ヨルカから感情的に来られたら、大抵の子は押し切られてしまうだろう。あの子は自分のそういうところをまだわかっていない。親としては使い所を間違えてほしくない」

「アメリカにいたのに、まるで教室でのヨルカを見てきたみたいですね」

その指摘があまりにも的確で、俺は皮肉で切り返すしかなかった。

「君も心当たりがあるんじゃないか」

実際、俺も四月の出来事を思い出していた。

俺が朝姫さんから告白された場面、教室に駆けこんできたヨルカは自分の感情を高らかに叫んだ。結果的に俺とヨルカは元の鞘に戻ったわけだが、それは朝姫さんが冷静で大人だったからでなく、もしかしたらヨルカのような美貌を持つ者の強権的な解決だったのかもしれない。

ラブストーリーの当事者はお互いのことしか見えていない。

自分達の幸せに夢中で、客観的にどういう風に見えるかまで意識が向くのは難しかった。

恋愛だけに限らず、強い感情は視界を狭くする。

この人は、こちらが自分で気づくように会話を誘導していく。

それは発見であり、図星を突かれたことにもなる。

自分が自覚していなかった観点を一度でも意識すると、ぎこちなくなってしまう。

それでも、自分らしさを貫くには相当の胆力や経験が求められる。

目の前の大人との差を痛感させられてしまう。

「ヨルカは素直な子ですから、芝居なんかできないんですよ。お義父さん」

「ハハハ、君にお義父さんと言われる覚えはない」

苦しまぎれの嫌味に、有坂さんは欧米的な大げさな笑顔で受け流す。

「君が文化祭で成功したのは素晴らしい。ただ、それは結果論にすぎない。高校生に求めるには酷かもしれないが、倒れる前に仕事をもっと他に振ることだってできたはずだ。それとも教師の監督不行き届きかもしれないが」

「俺の未熟が招いただけです」

不機嫌がつい声に出てしまう。

「神崎先生だろう。アリアの担任でもあったから知っている。あの先生が見逃したのだから、君が倒れたのは完全なアクシデントだったんだろう」

「毎日ギターの練習に夜中まで熱中していたもので」

マズイ、完全に向こうにペースを握られている。

「成功の代償も美談の一部として纏められることは多い。だが現実は綺麗事ばかりじゃない。外野が語るにはそれでいいだろうが、不利益を被るのは他ならぬ当事者だ。もし取り返しのつかない代償を支払わせてしまった時、誰がその責任をとる?」

「問いかけが抽象的すぎて、答えられません」

「人生で代わりが利かないものなんて自分の命くらいだ。それ以外はどうとでもなる」

「恋人も、ですか?」

お父さんは首肯する。

「ヨルカはまだ子どもだ。これからも君を振り回し続けるぞ」

脅しとして受け取るには、気遣いに満ちていた。

「俺が構わないと言ってもですか」

戦いに来たつもりが、心配されていたのは俺の方だった。

「恋すると正気ではなくなる。それが恋愛の醍醐味だ。だけど限度がある。刺激の強い感情は人を麻痺させるし、あるいは激しく消耗させる」

「ヨルカみたいな美人に恋して浮かれておかしくなっている俺も、いつか我慢の限界が来るって言うんですか？」

「娘には他人を振り回すような人生を送ってはほしくない。ただ、それだけだ」

お父さんは静かに諭す。

「そんな遠回しな言い方をしないで、はっきり言えばいいじゃないですか。娘と別れろって」

俺は大きな声を上げないように、必死に自分を抑える。

いっそ断言してくれた方が、こちらも憎むだけで済む。

「君は立派だ。ただ、学生時代の恋で一生を決めることはない」

「それは、俺とヨルカが決めることです！」

気づいたら自分の声が店内に響いていた。

周囲の視線が集まるも、構わず無視して俺はヨルカの父親を睨む。

「まいった。君を怒らせるつもりはなかったんだ。君ぐらいの子と話すことは滅多にないから、どう話したらいいのかと」

お父さんはバツが悪そうに、いつの間にか空になったグラスを掲げてお代わりを求める。

「………、もしかしてかなり酔っていますか？」

俺は恐る恐る訊ねる。

顔色は変わらないし、発言の内容はしっかりしていたから気づかなかった。

夕飯を食べたお店でも時折会話に加わりながらも、お酒を飲む手は止まらなかった。バーでも本来はゆっくり飲むべきウイスキーをいつの間にか飲み干していた。

「娘の彼氏といきなり話すことになって、こっちもシラフでいられるか」

「緊張しているようには、とても見えなかったですけど」

お父さんはお代わりのグラスが置かれ、すぐに一口飲む。

「別にヨルカが誰と結婚しようと構わない。そう言えるのはヨルカが自分の子どもだからだ。——だが、君は違う」

「うちの家族は、ヨルカを喜んでました」

「どの親も自分の子どもが不幸な目に遭うのは腹も立つし悲しい。そして自分の子どもが相手を不幸にする真似もしてほしくない」

「俺は、愛情がぜんぶ解決するとは思ってはいません。おふたりだって最初にアメリカへ行く時に、娘達さん達を連れていきたかったのが本心でしょう？　だけど娘達のことを考えて、日本に置いていくことを選んだ。そうですよね？」

お父さんがはじめて沈黙する。

グラスを手放し、左手の重たそうな腕時計を外す。

「決断に間違いはなかった。だけど妻もほんとうに悩んでいた。仕事をすることが最愛の娘達と共に暮らすことより価値があるのかと。私もアメリカではなく、そもそも日本で稼げば十分ではないかと何度も自問自答した」

「アリアさんとヨルカもご両親の仕事を応援したい気持ちに嘘はなかったはずです」

「……あらゆる選択肢を吟味した上で、親である私達は今の形が最善だと判断した。それでも子ども達を愛する気持ちがある以上、できる限りのことはしてあげたいんだよ」

愛情、家族、仕事。

あちらを立てれば、こちらは立たず。

人生にはすべてを丸く収める万能の解決法はないに等しい。

人間は欲張りだから、得られなかった時間を悔やみ惜しんでしまう。

「だからって、嫌がるヨルカを無理やりアメリカに連れていくことはないでしょう」

俺は、はっきりと自分の立場を表明する。

そんな親の考える正しさに、子どもを巻きこまないでくれ。

「将来のために、あの子をアメリカに連れていく」

言い含めるように告げる。

「そんなことは建前だ。あなた達は、ヨルカとの失った時間を取り戻したいだけだ」

未来のためと言いながら、過去に囚われている。

「親の愛情は甘やかすことじゃない。厳しさも含めたやさしさなんだよ」

「過保護すぎるんですよッ。ヨルカは、そこまで子どもじゃありません」

親の愛情を子どもは理解できないことがある。時に理不尽にも思えることの意味に気づくのは、自身が大人になってからなのかもしれない。

ここへ呼び出されたのも、ここまできた俺に対する誠意なのだろう。

真っ当な家族だ。娘を心から想っているし、その愛情ゆえに厳しいこともある。

――それでも、今のヨルカを正しく見えているとは思えない。

俺は気を落ち着けて、言い直す。

「別に感情的なことが幼いことではないと思います。少なくとも高校生になってからのヨルカの変化をずっと見てきた俺にとっては」

父親は、確かに生まれた時から愛娘の成長を見守ってきた。

だけど俺は、思春期真っ只中の恋人の変化を支えてきたのだ。

今度は、俺がヨルカについて伝える番だ。

第十話 恋に希望を、愛に祝福を

「教えてほしい。君の目から見たうちの娘はどんな子なんだ?」

お父さんは話の先を促す。

やはり興味を持ってくれた。

家族の持っていない情報を提供できるのが、俺の数少ないアドバンテージだ。

たかが一介の高校生に、他所の家の親の考えを変えさせるなんて不可能に等しい。

お父さんの判断は親として決して間違っていないのだ。

もしも支配的な親であれば押しかけてきた俺を歓迎するはずもないしヨルカのアメリカ行きについて議論の余地さえ発生しないだろう。

愛情ある親としての、常識的な結論。

その正しさを覆すことは極めて難しい。

だけど、新しい情報を与えることでより多角的に判断できる可能性を増やせる。

情でダメなら、理でアプローチをする。

想定外の範囲から事実を突きつけろ。

認識をアップデートさせてやる。

今の結論に、疑念を抱かせろ。

相手の正しさを揺さぶれ。

今度は俺の番だ。

その上で、父と娘をもう一度向き合わせてみよう。

瀬名希墨はすれ違っている親子の橋渡し役だ。

ヨルカは親が思うほど大人ではなく、また子どもでもない。

俺は落ち着いた態度を保ち、客観的に語り出す。

「まず、有坂さんは今のヨルカが感情的でまだ幼いと仰っています。確かに今日ふたりのやりとりを見る限り、ヨルカの反応はそう思われるのが当然のものでした。俺も夕飯の席での会話だけを見れば同意見です」

「実際には違うと?」

「俺と出会った頃のヨルカは、感情をずっと押し殺しているような女の子でした。教室にいても誰とも話さず、表情も変えず、つまらなそうに毎日を過ごす。そういう自己完結していた印象でした。よく言えば大人っぽくてクールな、悪く言えば協調性がなく他人に無関心なクラスメイトで、感情的とはおおよそ真逆です」

「ヨルカが？」

「はい。孤高の優等生は、友達をつくらず・求めず・寄せつけず。クラスメイト達はヨルカの綺麗さや態度にビビッて誰も話しかけなくなり、ヨルカ本人も徹底的にコミュニケーションを拒絶していました」

「学校ではそんなに極端なのか？　家族といる時とはずいぶん違う」

お父さんははじめて動揺の色を見せた。

「ヨルカ自身が優秀で、アリアさんという手本を真似していたおかげで大概のことは上手くこなせていました。それでも手に余る状況に直面した時ほど、本人の性質が明らかになります。思春期に入ったヨルカは、傷つくのを避けようとコミュニケーションを閉ざすことを選びました。あの子は意外と臆病なんです」

対人関係のストレスは誰でも感じるものだ。

一晩寝て切り替えられる人もいれば、いつまでも引きずってしまう人もいる。

ヨルカは後者で、その積み重ねたストレスの反動から人付き合いのすべてを拒絶した。

ある意味では潔い選択だ。

それでも人は生きていく中で、他人との繋がりを強要される。

学生時代の集団生活では特に顕著だ。

教室というせまい檻の中で、コミュニケーションが苦手な人がそれをますます嫌いになるとしても不思議ではない。

「どうして、君はそこまでわかる？」

「ヨルカを助けているうちに俺なりに理解して、またヨルカ本人から聞いたりしてきました。それを、俺が代弁しているに過ぎません」

ここにいるのは恋人の瀬名希墨ではなく、娘の有坂ヨルカの代弁者だ。

お父さんと話している時のヨルカは嫌だという感情が先走ってしまい具体的にどういう経緯があって日本に残りたいのかを説明できていない。

無理もない。

それは自分のトラウマを開示することに他ならないからだ。

自分の弱みを誰かに晒すのは恐いし、恥ずかしいし、相手の反応次第でさらに自分が傷つくことになりかねない。

コミュニケーションで傷ついてきたヨルカが、無意識的に拒否していたのだろう。

まして昔から親の前では平気なフリをしてきた健気な子である。

身内のアリアさんから聞くのと、他人である俺から聞くのでは衝撃も大きく違う。

その証拠に、お父さんの態度が変わってきた。

「そんな悩みがあったなら、なぜ相談しなかったんだ」

お父さんは娘の知らない一面を聞かされて、ショックを受けている様子。

やっぱりこの人は娘が大好きで、愛しているがゆえに過保護だ。

俺の手前、見栄を張ったのかもしれないが内心ではヨルカとハグしていた光景にかなり腹を立てていたのかもしれない。

ポーカーフェイスが巧い人である。

「自分が本気で困っていることを、親には話しづらいじゃないですか。それに性格や感性に関する悩みですから、親が介入して解決するとも限りませんし」

「離れて暮らしていたからこそ、できるだけ話は聞いていたつもりだったんだが……」

「そうやって親が疑わないくらい、ヨルカは賢い子なんです」

またひとつ、親の認識のズレを指摘する。

「私達の質問に答えてくれた学校生活のことは嘘だったのか？」

「えーと、それっていつの時期の話ですか？　小学生、中学生、高校生？」

俺はあえて自分の情報量を誇示するように、選択肢を与えてみせた。

ヨルカやアリアさんの話を総合すれば、親の見えていなかった一面も説明できる。

「君の知っていることを、ぜんぶだ」

お父さんのお酒を飲む手は完全に止まっていた。

「ご両親と別々に暮らすことになったヨルカは小学校高学年、当然さびしさは感じていたはずです。片や姉のアリアさんは中学生、内心はいざ知らず妹のヨルカには平気そうに見えたのでしょう。アリアさんに憧れて、その真似をすることでさびしさも紛らわしてきました」

「妹が姉の真似をするのは当たり前じゃないか。あのふたりは昔から仲がいい」

「アリアさんみたいに他人とのコミュニケーションが得意な人の真似をすれば、そりゃヨルカだって他人と交流するエピソードは増えますよね。親に話す話題には困りません」

「それが、中学生になるとどうなる？」

「自分も周りも思春期に入り、人間関係が今まで以上に複雑で難易度も上がります。未熟者同士のやりとりは予想外のことも多く、ヨルカはただ姉の真似をしているだけは対応しきれなくなります。姉に助言を求めても根本的には解決しません。だってアリアさんとヨルカは性格が違うんです。そりゃ性に合わないことを続ければストレスが溜まりますよね」

「顔を合わせていた時は、そんな様子はなかったのに」

お父さんの表情がみるみる苦いものに変わっていく。

頭の中では、幼いままのヨルカが泣いているイメージが浮かんでいそうだ。

「そりゃ久しぶりに親に会えれば嬉しいから元気にもなりますよ。だって好きなんですから」

「アリアからもヨルカが無理をしていると相談は受けていたが……。それで、どうして君は娘と親しくなれたんだ？」

「俺も、最初はクラス委員の仕事として接していただけでした」

あっけらかんと事実を打ち明ける。

「なに？」

「担任の神崎先生からフォローを頼まれて、俺も渋々話しかけました。彼女が校内で引きこもっている美術準備室に顔を出しては、毎度のように邪険に扱われましたよ」

思い出しても笑ってしまう。

あんな罵声に近い言葉を浴びせられたら、ふつうは嫌がって逃げ出したくなる。

「……そこから付き合うなんて、どんな魔法をつかったんだ？」

「運命の人だったので」

「仕事柄、そういうものは信じない主義でね」

惚気には乗らないという断固たる態度だった。

「――だってヨルカ、いい子じゃないですか。あんないい子が困っていたら助けたくなるのが当然です。いざ話してみたら意外と会話が弾んで、その時間がとても楽しかったんです。臆病の反動でキツイことをつい言ってしまうとわかれば、その反応を見るのがむしろ面白くなってきちゃいました。それに本人は口走ってから後悔しているのもいじらしくて。そうやって瀬名希墨は、有坂ヨルカのぜんぶを好きになりました」

俺と出会って、ヨルカはたくさんの経験を積んだ。付き合うようになって、色んなトラブルもあった。その度に彼女は乗り越えてきた。

『弱い自分が情けなくて、悔しくて、イラつく』

夏の旅行の最後、ふたりで朝の海に行った。そこでヨルカは泣きながら怒っていた。

『ねぇ、希墨。わたしは成長したい。自分の大好きな人を守れるくらい強くなりたい』

直後にそう宣言した通り、ヨルカは見事に文化祭をやり遂げた。

俺はそんなヨルカが愛おしくて誇らしい。

「……そうか。娘を、好きになってくれてありがとう」

お父さんはなんとも味わい深い微笑を浮かべた。

「家族相手のヨルカだけを見ていると昔と同じように感じますけど、ヨルカはきちんと成長していますよ。誰にも笑わなかった女の子がすごく感情的になって、今では友達と一緒になって笑っているんです。文化祭での写真を見ましたよね？　あれが、今のヨルカなんです」

彼女はもう他人に怯えていない。

たとえ困難が待ち受けていても、他人と手を取り合って立ち向かえる。

もうひとりじゃない。俺がいて、友達だっている。

「俺がこの場で言いたいのは、ひとつです。今のヨルカを見てあげてください。親の心配は子どもが目の届かないところで、ちゃんとやれているかということですよね？　ならヨルカはできています。もっと、彼女を信じてあげてください」

「――――」

「たとえ失敗しても、何度でも応援してあげるのが家族じゃないんですか。一番の味方として信じ合えないのは悲しいんじゃないですか？」

ヨルカは、憧れていたアリアさんとでさえ喧嘩してみせた。

話し合って、わかり合って、そしてまた家族として愛し合っている。

ご両親も幼い子ども達の言葉を信じて、別々に暮らすことを選んだ。

すべてが上手くいくとは限らない。たまには失敗もあるだろう。

それでも変わりながら、家族の歴史は続いていく。

「だから、今のヨルカをアメリカに連れていくことはないと？」

お父さんは、明確に問うた。それは最初で最後の相談なのかもしれない。

「なにかあれば俺がいつだって助けにいける距離にいます。だからヨルカを連れていくんじゃなくて、俺に託してください。必ずあの子を守ります」

長い沈黙。

深い瞑目の末、お父さんはこう言った。

「――無償の愛か。まるで家族だな」

お父さんはどこか悔しそうに、最後にそう呟いた。

◇◇◇

「明朝、食事を終えたら、もう一度ヨルカと話そうと思う」

バーから去る際、お父さんはそう言った。

自分の部屋に行くと布団が敷かれていた。

布団に倒れこむ。糊の利いた布団の感触を味わいながら息を吐く。

疲労感が一気に押し寄せ、頭がぼーっとしてしまう。

スマホを見ると、瀬名会のグループラインに写真が貼られていた。

みんなはカラオケに行った後、近所の公園で雪ダルマを作ったらしい。

その楽しげな写真に、思わず和む。

このまま寝落ちしてしまう前に、俺は風呂に入ることにした。

綺麗な内風呂もついているが、せっかくだから浴衣に着替えて大浴場へ足を運ぶ。

身体を洗って、露天風呂に出ると、雪は今もハラハラと振り続いていた。しかもうまい具合に貸し切り状態だ。

空気はとても冷たいが、湯に肩まで浸かっているおかげでちょうどいい。

あたりはシンと静かで、湯の流れる音だけだ。

夜闇に消えていく湯煙をぼんやり眺めながら全身の力を抜いていく。

「不思議な正月になったもんだ」

ヨルカの両親と会うなんてもっと先の話だと思っていた。

意識がクリアになったことで、先ほどのバーでの会話を振り返る。

「やれることはやれたよな」

伝えるべきことは伝えられたと思う。

結局、あの場でアメリカ行きの件は保留のままだ。

最終的な決定はおそらく明日の朝に下されるのだろう。

あらゆることに決着がつく。

もしもヨルカと離れることになったら、残りの高校生活はどうなるのか。瀬名会のメンバーとたまに遊んで、受験勉強に明け暮れて、大学入試が終わればすぐに卒業。

永聖高等学校という学び舎ともおさらばだ。

卒業後、みんなもそれぞれの進路でがんばりながら大人になっていく。

俺も日本で大学生としての日常を送るのだろう。

今と同じくメッセージのやりとりは続く。

電話はアメリカとは時差があるから、朝起きるのはちょっと辛くなるだろうな。

アルバイトでお金を稼いで、長期休暇にはアメリカに遊びに行こう。

できるだけ会える頻度を増やす。

あぁ、英語の勉強もしておいた方がいいだろうな。喋れた方が便利だし、就職活動でも役に立つかもしれない。案外、俺の大学生活も忙しくなりそうだ。

たとえ遠距離恋愛になっても、数年で日本に戻ってくることもありえる。

長い人生で見れば、ほんの一瞬の期間かもしれない。

そうやって、遠距離恋愛になった時の希望的観測を必死に浮かべてみせる。

「恋愛は、惚れた方の負けってほんとうだな」

ヨルカのお父さんが懸念する理由がわかった。

俺を気遣ってくれるのは、やさしさからだ。

たとえヨルカが日本にいなくても、その生活はヨルカ中心で回っていく。

思い描く日々で、俺は有坂ヨルカという不在に振り回されてしまっていた。

愛さえあれば乗り越えられる。

口では簡単に言えても、ほんとうにできるのか？

──君のいない日々を、俺は上手くやり過ごせるのだろうか。

「………無理だって」

夜空を見上げても、分厚い雲で埋め尽くされていた。

美しい月は見えない。

ヨルカが遠くへ行けば、同じ月を見上げて愛を囁くこともできなくなる。

彼女と付き合ってからの日々が楽しくて、それ以前はどんな風に生きていたのだろうか。

ヨルカがいなくなるなんて考えられない。

頬を伝う雫はただの水滴か、汗か、それとも涙か。

ずっと考えないようにしていた。意識したら頭がおかしくなってしまいそうだからだ。

押し殺していた不安と恐怖が一気に溢れ出す。

嫌な想像が止まらない。

環境の変化は心にも影響を及ぼす。

もっと別な理由で、あっさりと別れてしまう可能性だってある。

今ここにあるはずの愛情がロウソクの火を吹くより簡単に消えてしまうかもしれない。

そんな残酷な現実がこの先に待っているとするならば、ここで時間を止めてくれ。

大人にならなくていいから、このままヨルカと一緒にいさせてほしい。

さびしさが膨れ上がり、愛しさに胸が締めつけられる。

その存在が大きすぎて、ヨルカを失った自分がどうなるのかわからない。

あぁ、ダメだ。強がっていたけど、もう限界だった。

俺は泣いてしまう。

どうしようもなく涙が止まらなかった。

裸のまま、まさに赤子のように泣きじゃくってしまう。

どうかこの恋に希望を、この愛に祝福を。

無様に声を上げて、俺はこのやるせない現実に絶望しそうになる。

別れの予感で壊れそうな心を今すぐ誰か救ってほしかった。

耳を塞いで、どこかへ逃げ出したかった。

こんな風に涙を流すくらいで現実は変えられないのは知っている。

俺はもう子どもではいられない。

でも、まだ強い大人にもなれていなかった。

せめて最後の瞬間にカッコつけられるように、今だけは弱い自分を許してください。

◇◇◇

身体中の水分を出し尽くしたような状態で風呂から上がる。

十分に水分補給をして喉を潤し休んで、やっと心身が落ち着いた。

「おかえり。お風呂で温まれた？」

部屋に戻ると、扉の前には浴衣姿のヨルカが待っていた。

半纏を羽織り、髪はラフにアップにしており、まさに温泉旅館にいますという格好だ。

「どうした、こんな時間に」

「ちょっと希墨と話がしたくて。部屋に入れて」

ヨルカの様子はもう落ち着いていた。

「それは……」

布団のある場所で女の子とふたりきりは色々とマズい。

ご両親にこうして部屋までとっていただいている手前、大事な娘さんを招き入れるのは躊躇してしまう。

クリスマス・パーティー以来、あんなに悩まされていた下心もいつの間にか忘れていた。

「パパから連絡が来たの。明日の朝、もう一度だけ話そうって。その前に希墨と話したことを聞きたくて」

「あぁ、そういうことか」

湯当たりしたのか、なんとなくまだ頭が回っていない。

ヨルカと共に部屋に入る。

室内には間接照明による暖色系の明かりがやわらかく灯る。

「遅くにごめんね。なんか、疲れた顔している」

「今日は長い一日だったからさ。それに露天風呂が立派だから、ちょっと長湯しすぎた」

「ちゃんと水分補給した？」

「いつも以上にたくさん飲んだから大丈夫」

「そんなに汗かいたの？」

「そんな感じだ」と俺は軽く笑う。

大丈夫、いつもの自分にちゃんと戻れている。

「それよりヨルカもひとりで部屋から抜けてきて大丈夫なのか？」

「お姉ちゃん、帰ってきたら部屋のお風呂にずいぶん長い時間こもってて、出たらすぐに寝ちゃったから」

「……、そうか」

横になったらすぐに寝落ちしそうな気がして、布団の側のテーブルにもたれるように座る。

「となり、座ってもいい？」

「もちろん」

ヨルカはゆっくりと近づいて、俺の横にピッタリとくっつく。

「こうやってふたりで落ち着くのって、今年初ね」

ヨルカはそれだけで嬉しそうだった。

「再会した瞬間は熱烈なハグだったもんな」

「だって、まさか希墨が来てくれるとは思わなかったんだもん。最初はわたしが希墨恋しさで見た幻かもって一瞬疑ったくらいだし」

「俺も、ヨルカ不足で死にそうだったよ」と俺は彼女の手を握る。

その手には今もプレゼントであげた指輪を嵌めていた。

美術準備室にいる時と同じだ。どれだけ理性でブレーキをかけても恋人が側にいたら、それだけで触れたくなってしまう。

「すごく落ち着くな」

「わたしで癒されるなら存分にどうぞ」

「じゃあお言葉に甘えて」

頭を軽くヨルカの肩に乗せる。シャンプーの香りがいつもより強く感じた。

「希墨の匂いが、いつもと違う気がする」

「思いつきで来たからな」

着の身着のまま、財布とスマホと鍵くらいしか持ってきていない。

「ちょっと新鮮。それに、いつもと違う場所で、こうしてふたりきりなんて」

「意外な形で、温泉旅行の夢があっさり叶ったな」

「ね、びっくり！」

ヨルカが身振りを交えた拍子に胸が腕に当たる。やわらかい。

思わず白い胸の谷間に視線を奪われてしまう。

寒い季節になって厚着になってしまったせいで、久しく見ていなかった気がする。

「……希墨のエッチ」

「男の性だ。すまん」

「……なんか元気ないね？　疲れているとは、ちょっと違うみたい」

ヨルカにあっさり見抜かれていた。

風呂場で泣いていた余韻がまだ残っていたのだろう。

「もしかしてパパからキツイことでも言われた？」

申し訳なさそうに表情を曇らせる。

「むしろ気遣ってもらったよ」

「ほんとに？　すごく理屈っぽくやりこめられたりしていない？」

その言い方は夕飯の席でのことを引きずっているようだった。

「ま、これまで通りのヨルカだと、あのお父さんの心を動かすのは難しいわな」

この子の心構えも切り替えてあげないと、明日もこれまでと同じ展開を繰り返して終わってしまう。

俺はバーでのやりとりを一通り説明してから、その上で俺なりの秘策をヨルカに伝える。

「え、そんなことでいいの？」

ヨルカは拍子抜けしたような顔をしていた。

「感情的に特攻するよりはマシだ」

「人をイノシシみたいに言わないでよ」

「ヨルカは感情的な爆発力に頼りすぎ。お父さんには通じないのはわかるだろう」

俺はあえて断言する。

「けど、ふつうすぎない？」

俺の授けた秘策に、いまいち確信が持てないらしい。

「俺を信頼できない？」

「むしろ信頼しかないわ。だけど、相手はあのパパだから……」

「ヨルカ、お父さんは敵じゃない。あの人は娘の君を理解したいと思っている。ただ、心の底から安心したいんだ」

俺は念を押す。

「文化祭のステージを思い出せよ。大勢の観客を前にして緊張せず、演奏にすごく集中できていたのはどうしてだ？」

ヨルカは他人の視線が苦手で、演奏技術はあるのに人前で本領を発揮できずに悩んでいた。

だけど本番では練習以上の見事な演奏を披露して、観客を魅了した。

その決め手がなにかを思い出させ、自覚させる。

「わたしは、希墨のことだけをずっと考えていた。それで冷静でいられたの」

初心でかわいらしい返答だった。

「ネクタイも締め直してくれたもんな」

あの会場の熱狂の最中で、この子は落ち着いた気遣いをしてくれた。

そんな真似は感情に振り回されていてはできない。

大丈夫。今回もヨルカならできる。

「同じように俺のことを想ってくれ。今度は俺も一緒だ。ひとりじゃない。プロポーズは済ませたんだ。あとはふたりで、ご両親の許可をもらうだけさ」

大げさだけど、そんな心境だった。

「うん。わたし、がんばる。希墨と絶対離れたくない」

ヨルカはそう言って俺に抱きついてきた。

俺もいつものように彼女の背に腕を回す。

そのまま重力に身を任せるように、ふたりで布団の上で横になった。

布団のやわらかさとヨルカの体温が気持ちいい。

「この感じ、希墨の家にお泊りした時以来だね」

「朝起きたら横にいて、びっくりしたよ」

「嫌だった？」

「まさか。ただ刺激が強すぎた」

「ねぇ、ちょっと耳を貸して」

ヨルカは顔を近づけて、そっと俺に耳打ちをしてきた。

「……あれね、実は夜中にわたしが自分で希墨のとなりに潜りこんだの」

ヨルカは照れくさそうにそんな秘密を打ち明けた。

囁く吐息が耳をくすぐる。

その悩ましい刺激と甘い告白が、俺を衝き動かすには十分すぎた。

俺は片手をヨルカの細い腕に這わせながら、彼女の手を握る。

逃がさないように、離さないように。

唇を重ねる。

最初はやさしくしながらも自然と激しさが増してくる。

お互いを深く味わうように舌を絡め、唾液を交換するように唇を貪った。

そうして俺は彼女の首元に顔を寄せていく。

触れるか触れまいかの加減で肌にそっと唇を這わす。

耳元、首筋、肩、鎖骨と唇が触れる度、ヨルカは小さな声を漏らす。

敏感な身体はそれだけで跳ねるように素直な反応をする。

その度に、俺の手を握る力がぎゅっと強まった。

刺激を必死にこらえようとして自然に立ってしまう彼女の膝を押さえつけるように、俺の脚を上から重ねた。浴衣から露わになったふとももののすべすべした感触が気持ちいい。

俺が顔を下げていくのに合わせて、背中に回していたもう一方の手も下へ向かう。

腰の細さを入念に確かめるように添わせながら、お尻に辿り着く。張りと大きさを手のひらでしっかりと味わうように触れる。

ヨルカが身をよじるたびに浴衣は着崩れ、胸元ははだけていた。

露わになった谷間はかすかに汗ばみ、甘い香りが頭をクラクラさせる。

そのまま胸元に顔を埋めるように抱きつく。

驚くほど大きくて、やわらかい。

「希墨、赤ちゃんみたい」

「本能的に落ち着くんだよ」

俺はそのまましばらくそのままでいた。

ヨルカが慈しむように俺の頭を撫でる。

そうやって大好きな人の温もりに包まれているうちに、昂り以上に安堵が広がっていく。

その幸福な感覚にいつまでも満たされていたかった。


「寝ちゃった」

わたしを抱きしめているうちに彼は眠ってしまった。

ずっと緊張していただろうし、疲れていたのだろう。

わざわざ雪の中、東京から来てくれた。彼はわたしのピンチにいつも駆けつけてくれる。

大好きな人。

彼がいたから、わたしは変わることができた。

「いつもありがとう」
穏やかな顔で寝息を立てている。
愛した男が腕の中で無防備な姿を見せてくれるのは女としての母性が満たされる。
近くにいるから触れることができるのだ。
その喜びを手放したくない。
好きな人と両想いになれた奇跡を片時も逃したくない。
いつだって、わたしの答えは簡単だった。
彼に対する好きだという気持ちに従えばいい。
ただ、それだけでわたしはずっと強くなれる。
彼のすべてに、わたしも応えたい。
「あなたと一緒にいることが、わたしの幸せよ」

第十一話　思い出になりたくない

さよなら、希墨。

ヨルカはそう言って去っていった。

俺がどれだけ叫んでもこちらを振り返らず、背中はどんどん遠ざかっていく。

そして、その姿は二度と見えなくなった。

「――ヨルカ！」

目を覚ますと、知らない天井だった。

一瞬どこにいるのかわからず混乱しかけたが、すぐに状況を思い出す。

「最悪の夢を見せるなよ」

夢で一安心した。

息をついて、もうひと眠りするかと布団をかけ直そうとしてふと気づく。

「あれ、ヨルカが部屋に来ていたような……」

自分がいつ眠ったのか覚えていない。

露天風呂から戻ってきたら部屋の前にヨルカがいて、話しているうちに途中で布団にふたりで横になって。それから——。

「え、俺したっけ⁉」

ついに男女の一線を越えたのか。

慌てて布団を捲る。きっちりパンツは履いていた。裸ではない。その痕跡は自分にも周囲にも見受けられない。

どうやらふつうに寝ていただけのようだ。とりあえず上半身を起こす。

「ヨルカが部屋に来たのも夢だったのか？」

首を傾げるも、彼女に触れた感覚はあまりに生々しい。

ふとテーブルを見れば、ヨルカの手書きのメモが置かれていた。

疲れていたのにありがとう。おかげで元気がもらえました。先に部屋に帰ります。また明日ね。ヨルカ

「夢じゃなかった……。夢じゃなかったかぁ〜〜」

思わずその場で頭を抱える。

「なんで眠っちゃったかなぁ、俺」

我が人生、最大の不覚。

そのタイミングで性欲より睡眠欲が優先されるとか、マジか。ここでこそ若さや勢いが発揮されようよ。若いリビドーを爆発させるべきでは⁉

この、なんとも言い難い気分はなんだろう。

クリスマス・パーティーどころの騒ぎではない。

あと一歩のところで、まさかの寝落ち。

惜しかったというべきか、無理しなくてよかったというべきか、やっぱり残念だったのか。

男として複雑な感情が渦を巻きつつも、同時に笑ってしまう。

「いいさ。待たされるのは慣れっこだ」

告白の返事待ちをしていた春休みはずっと落ち着かなかった。

あの時に比べたらかわいいものだ。

そう思うと、妙に晴れ晴れした気持ちになる。

泣いても笑っても今日で白黒がつく。

焦っても仕方がない。

俺は障子を開いた。

窓の外は眩しい銀世界が一面に広がっていた。

昨夜ほどの雪の勢いはなく、ハラハラと白い粒が朝の光を反射する。

この綺麗な雪景色が悲しい記憶に上書きされないことを祈るばかりだ。

スマホを見れば、まだ時刻は早い。

いつもと違う場所で眠ると、映による強制起床をさせられずとも早く目が覚めてしまう。

そういえば夏の旅行の時も珍しく早起きをして、朝風呂に入った時にトラブルが起きた。

「今朝は内風呂で済まそう」

露天風呂は昨夜入ったからもう十分だ。

とりあえず悪夢でかいた汗を流すことにした。

朝食までは十分に時間の余裕がある。

希墨：おはよう。今朝はいい天気だな。また後で会おう。

俺はヨルカに普段通りのメッセージを送ってから、まずは部屋の風呂場へ向かった。

◇◇◇

高級旅館とあって、朝食も豪華な和食だった。

存分に美味しい食事を堪能してから、軽く一息つく。まだ一月三日だからテレビではお正月の特番が流れていた。適当に流し見をしつつ、食後の緑茶を飲み終えると俺は早めにロビーへ向かう。

売店でお土産でも覗いていようと思ったら、ヨルカがロビーで待っていた。

「おはよう、希墨。よく眠れた？」

「おかげさまで、いつ寝たのか覚えていないくらい熟睡だ」

「赤ちゃんみたいだったよ」

ヨルカは恥ずかしがるわけでもなく笑っていた。

特に緊張も気負いもしていない様子だ。

「そう言われると恥ずかしいな」

「わたしは、もっと恥ずかしかったんですけど」

ヨルカは小さな声で文句を言う。

「誘った方が悪い」

「襲った方が悪い」

「寝てすみませんでした」

「わたしは癒されたから許す」

「俺もだ」

目と目が合う。お互い、朝からなにを言っているんだという感じだ。

そんなくだらないやりとりが愛おしかった。

「パパとママ、喫茶室の方にいるわ」

「お待たせするのもアレなので、さっさと行くとしますか」

俺が手を差し出すと。ヨルカはそっと手を取った。

「お姉ちゃんは終わるまで他所で待っているって」

「いないと不安か？」

「これはわたしの問題だから」

その横顔は、いつになく大人っぽく見えた。

旅館の廊下を歩きながら、俺は他愛もない質問をする。

「なぁ、ヨルカ。俺にとって最大のピンチはどこだったと思う？」

「今、じゃなくて？」

俺の顔を覗きこむ表情はわずかに不安げだ。

「そんな真面目に考えなくていいよ。ただの雑談だ」

ヨルカは少しだけ考えて、一瞬顔をしかめてから答える。

「四月に、わたしが一瞬だけ別れを切り出したこと？」

「心底しんどかったって意味では間違いない」

俺は笑ってしまう。まだ気にしているらしい。

「わたしがゴールデンウィークの旅行中に、紗夕ちゃんから告白されたこと？」

「確かに驚いたけど、俺の気持ちは最初から変わらないよ」

「七月の、神崎先生の代理彼氏？」

「あれは違う意味ですごく大変だったな。緊張したし、無茶ぶりにも程があった」

ヨルカはことごとく外れたせいで、ちょっと悔しそうだ。

どうしても当てたいらしく、迷った末に踏みこんだ回答を述べる。

「……バンドの合宿の後に、支倉さんのところへ行ったこと？」

「今日と一緒だ。いつかは白黒つけなきゃいけなかった。けど、違う」

「じゃあ、やっぱり文化祭のライブ？」

「確かに肉体的には一番しんどかった」

「ステージの上でプロポーズしてくれた時？」

「緊張してたけど、ピンチなわけないだろう」

「わたしが、嫉妬深いこと？　希墨を信頼していないわけじゃないんだよ。非ラブコメ三原則なんて、やっぱり重い？」

「むしろ、もっと俺を愛してくれればいいよ」

廊下の角を曲がった際に、俺は不意打ちでキスをした。

「もう、わかんない。答えを教えて！」

ヨルカはお手上げとばかりに、俺をじっと見つめる。

「──有坂ヨルカに告白した時だ」

「え？」

ヨルカは、完全に予想外の答えだったらしく目を丸くする。

「なんで？　ＯＫしたからハッピーエンドじゃないの？　わたしが答えを待たせちゃったからトラウマになった？」

「待った甲斐はあっただろう。だから俺はここにいるわけだし」

「なら、なんで？」

「君が告白にうんざりしていたのは散々見てきたからさ、迷惑かもって思うわけじゃん」

「そりゃ、あの頃は人と話すのも嫌いだったけど」

「――俺が告白するっていうのは、君にとって嫌がることをするって意味だ。気持ちを伝えるまで死ぬほど悩んだ。本気で好きな子に告白するのは勇気がいるし、告白したせいで嫌われるかもと不安だった。なにより、九割九分九厘の確率で振られると思っていたから」

「それでも希墨が告白してくれて、わたしの人生は変わったよ」

「俺もだ」

今という奇跡を嚙みしめながら、質問の答えを教える。

「――本来ならヨルカは思い出になる子だったんだ。高校時代のマドンナ。青春時代の片想い。いつか大人になって、ふいに高校時代を振り返った時に思い出すんだ。甘酸っぱい記憶の中で、色あせることなく綺麗な女の子。あの頃好きだった有坂さんは、今はどこでなにをしているのかな？　もう結婚したのかなって。同窓会でヨルカの姿を探すけど、君はきっと来ないんだ。

卒業したら二度と会えない、幻のように」

「だけど、わたしはあなたとこうして結びついているから」

ヨルカは繋いだ手を掲げる。窓から差しこむ朝陽が、彼女の指輪を輝かせた。

「俺にとって有坂ヨルカは高嶺の花だった。憧れで夢のような存在だった。そんな子に出会えただけでも幸せなのに告白にOKを貰えて、俺はヨルカの両想いの恋人になれた。君と別れたくないし、二度と手放したくない。ずっと先の未来まで、死ぬ最期の瞬間まで——いや死んでも愛し続ける」

俺は、ヨルカが思い出になってほしくない。

「それって二度目のプロポーズ？」

「この先、何度でも言うよ。それでヨルカが笑ってくれるなら」

俺のとなりにいる恋人は満開の桜のような笑顔を浮かべた。

◇◇◇

旅館の一角に設けられた喫茶室の奥でご両親は待っていらっしゃった。

豆の香ばしい匂いが鼻腔をくすぐる。木を基調とした内装は、建物の一室をリノベーションしたようだ。落ち着いた雰囲気で寛ぐには申し分ない。

「室内でも手を繋ぐのか」

「素敵じゃない。仲良しでいいわね」

俺とヨルカの姿を見たふたりの反応は予想通り。

テーブルを挟んで、ご両親の対面に俺とヨルカは座る。

すぐにスタッフがお水とおしぼり、メニュー表を出してくる。

「ホットコーヒーをお願いします」

「わたしも同じものを」

かしこまりました、とスタッフが下がってから俺はまず礼を述べた。

「今回は色々とありがとうございました。綺麗な部屋も眺めもよく、朝食もとても美味しかったです」

「こちらこそ。ヨルカちゃんの知らない話をいっぱい聞かせてくれてありがとう」

お母さんは昨夜と変わることなく、柔和な表情を浮かべていた。

「昨夜は遅くまで付き合わせてすまない。露天風呂には浸かれたかい？」

「はい。部屋に帰ってから行きました。運よく貸し切り状態で満喫できました」

「ならよかった」

朝の光の下で見るお父さんも、昨夜よりは幾分か穏やかな印象を受ける。

しばしヨルカとお母さんの会話を、男性陣は横で黙って聞いていた。

俺とヨルカのコーヒーが運ばれてきた。

お父さんは先に注文していたコーヒーに口をつけてから、静かに切り出す。

「さて、彼に学校でのヨルカのことなど色々話してもらった。知らない娘の一面を聞くことができて驚きも多く、親としても気づきがあった。ヨルカについて誤解があったのも認める。それはお父さんも悪かった」

「うん」

ヨルカはぎこちなく頷く。

「その上で、今後のことを考えればヨルカは私達と一緒にアメリカへ行くべきなのは間違いではないと思う」

その言葉を聞いた途端、ヨルカはムキになって反論しようとする。

俺はその前に、テーブルの下で彼女の手を握った。

それだけで前のめりになりかけたヨルカの背中が背もたれに戻る。

代わりに俺が話す。

「有坂家の問題であることは重々承知しています。部外者が差し出がましいとは思いますが、それでも言わせてください」

告げるべきことは決まっている。

ここが俺とヨルカにとっての人生最大の分かれ道。

俺達の命運は、この瞬間の結果に大きく左右される。

両想いの恋は揺るぎなくても、生涯ふたりで過ごす時間のいくらかを奪われるかの瀬戸際。

ここでの失敗は確実にふたりの関係に尾を引くことになる。

揺るぎない愛があれば、すべてを乗り越えられるなんて幻想だ。

愛は万能ではない。

どれだけ強い想いを抱いていても、上手くいかないことがある。

現実は甘くない。

必死に努力しても、すべてが報われるとは限らない。

俺達はまだ子どもだ。

どんな無謀な挑戦も、自分達で責任さえとらせてもらえない方が多い。

それでも、これが俺達の揺るぎない決断だった。

「俺にとっては、ヨルカこそが未来の家族です。大切な家族と引き離されるような真似を黙って見過ごせるほど腰抜けじゃありません。ご両親が娘さんを深く愛しているように、俺も将来の伴侶を深く愛しています。それだけはあなた方にも負けません」

お父さんがヨルカの過去のイメージに縛られているのなら、俺は未来目線で語ってやろう。

「高校生が、どうやって未来を保証できる？」

今すぐに証明できないような、あえて意地悪な問いかけ。

「あなた⁉」「パパ！」

「ふたりは黙っていなさい」

家族想いの父親から発せられた厳しい一喝に、ふたりは口を噤むしかなかった。

「それだけの啖呵を切ったなら相応の答えがあるのだろう？　自分の発言には責任がともなうんだ。勢い任せで情に訴えても通じないぞ」

人が変わったように、大上段から試してくる。

「仰る通り、俺はただの高校生です。大学も就職もこれからで、大人の首を縦に振らせるような社会的な実績はまだありません。だけど、ひとつだけ。誰にも真似できない、俺にしかできないことがあります」

「言いたまえ」


「――有坂ヨルカの笑顔を取り戻しました」


瀬名希墨が自信をもって言えること。

それは彼女が他人と一緒にいても、笑えるようになったことだ。

他人との関わりがストレスとなり、傷つくのを恐れて遠ざけた不器用な女の子。

いつも不機嫌な顔をしているくせに、その表情さえ美しいから周囲の視線を集めてしまう。

それさえ不快に感じて、放課後は美術準備室に引きこもっていた。
だけど、ほんとうに他人が嫌いなら放課後、校内に残っている必要はない。
他人に期待せず、諦めて、見限って、完全なる孤独を選ぶ方が楽だ。
今の時代、ひとりで生きていくこともできる。
世間の価値観に収まることは義務ではない。
テクノロジーの恩恵で人々は外に出なくても生きていける。
コミュニケーションの量を減らすことで得られる安寧は間違いなくあるだろう。
その上で、彼女がわざわざ中途半端な状況に身を置くには必ず理由がある。
この子は誰も来ないような場所で、誰かが来るのをどこかで待っていたんだと思う。
自分ひとりでは変われないから、誰かに変わる手伝いをしてほしかった。
そこに、俺が現れた。
最初の誰かであり、他人との橋渡し役。
気兼ねない話し相手となり、今は大切な恋人だ。
もう彼女を美術準備室で、ひとりで待たせたりしない。
ふたりだけの世界の外へ連れ出す。
彼女を傷つける現実があれば、俺が守る。
俺達は、両想いの恋人だ。

「俺をきっかけに、ヨルカはまた他人とのコミュニケーションに前向きになれました。それは他のクラスメイトや先生、ましてご家族でもできなかったことです」

「それは君の傲慢(ごうまん)だよ。自分でも言っていたじゃないか。最初は仕事として娘(むすめ)に接していた。ただの偶然(ぐうぜん)にすぎない。恋人(こいびと)になった自分を特別だと思うのは青すぎる」

「青くて結構です」

俺は引かない。

ここで俺が大人の理屈(りくつ)に流されてしまえば、ヨルカもなにも言えなくなる。

どちらか一方だけではダメなのだ。

俺とヨルカ、ふたり合わせて臨(のぞ)むことに意味がある。

「今は特別かもしれないが、大人になれば学生時代なんて記憶(きおく)の彼方(かなた)の出来事に変わる。その恋(こい)の情熱も想(おも)いも忘れて、ただの思い出になってしまうものだ」

誰(だれ)しもがかつて子どもだった。

若き日々に特別だったものが、色褪(いろあ)せて熱を失った経験を幾度(いくど)も味わってきたのだろう。

今は大人の立場から、それを教えようとする。

無闇(むやみ)に入れこむのはよせ。失った時に傷つくのは自分達だと。

「――俺はふつうの男です。ふつうだけど、彼女にとっては特別な男ですから」

「君には感謝している。ただ、お互(たが)いの存在でこの先の人生を早々と縛(しば)るのは――」

「これ以上否定するなら、あなたは父親として間違っている。親としての愛情を建前にして、娘の願いを握りつぶす誤った判断だ。娘に一生恨まれる大失敗をすることになる」

「愛だの恋だので、一生幸せでいられるほど人生は楽じゃない」

きっと、どちらかが百パーセント正しいということはない。

過去を振り返ることはできても、未来は誰も見ることは不可能である。

今の現実から一歩ずつ進んで、それを確かめに行くしかない。

「パパ。それは違うよ」

俺とお父さんの会話を聞いていたヨルカがついに口を開く。

「わたしを心配してくれているのは嬉しいよ。ずっと離れていたから余計に気にするのもわかる。感情的なことばかり言ってごめんなさい。それは、わたしが子どもだったと思う」

ヨルカの表情は落ち着いていた。

無闇に緊張せず、しかし目には確かな意志が感じられた。

「親だから子どもの将来が気がかりなのは当然だと思う。だけど大人が安心するようなお金や見た目や肩書きのある人は替えが利くけど、わたしの心に寄り添ってくれる人は希墨だけ」

これはヨルカの人生だ。

「パパとママのいる家に、わたしも帰りたかったよ。昔のわたしなら、迷わずそうしている。だけどね、もうわたしにとって一番帰りたいのは希墨のいる場所なの」

最後の決定権を持つのはヨルカ本人であるべきなのだ。

「希墨がいたから、わたしは変わることができた。彼と両想いになって幸せになれた。色んな悩みが軽くなって、生きるのが楽しくなった。心の自由を感じられて、毎日が穏やかになった。彼が近くにいてくれるから、わたしはそう感じることができるの」

誰かに用意された幸せだけでは満足できない。

自分で手に入れたものに見出す幸福もある。

その正解は自分で決めていいのだ。

「彼は立派な男性です。世界中で誰よりもわたしを幸せにしてくれる人です。そして、わたしも彼のことを支えていきたいの。今だけじゃなくて、この先の長い人生をずっととなりで生きていきたい。わたしがやりたいことは、彼と家族になって幸せになることよ」

あれは付き合うより、ずっと前のことだ。

美術準備室で棚から崩れた油絵を片づけに行った時、俺はヨルカに対してこう言った。

『……有坂は自分の欲がわからないんだ』

俺の指摘を、彼女は自分自身への問いかけとして今日までずっと抱えてきたのだろう。

学生時代の思い出としての恋愛で俺達の関係が終わるのか。

恋愛のその先、人生のパートナーとして生きていくのか。

俺達は他人同士だけど、愛し合って家族になれる。

「だからお願い。わたしを、わたしの大好きな人から引き離さないで」

ヨルカは自分だけの答えを、ちゃんと見つけることができた。

「俺も、彼女のためにもっと成長します。おふたりに認めてもらえるように、少しでも立派になって娘さんを必ず守ってみせます。だから、どうか連れていかないでください。お願いします」

俺達はふたりで、真っ直ぐにご両親を見つめる。

長い沈黙があった。

お母さんは口を開こうとしながらも、となりのお父さんを見て発言を躊躇う。

「パパ、許して。大切な人と離れるさびしさは、もう二度と味わいたくない。希墨と離れたら、わたしはまた昔の自分に逆戻りしちゃう。そんなのはもう嫌なの」

ヨルカはもう平気な振りをしない。

自分の正直な気持ちを精一杯伝えた。

「──親として、二度も悲しい想いをさせられないな」

「え？」

お父さんは、どこか遠くを見るような顔つきで俺達を見ていた。

「人間は自信がない時ほど数字や実績に頼りたくなる。だが、本気の感情だけが持つ情熱は時に理屈以上の説得力を持つものだな。不思議と、信じてみたくなる」

「運命の人に出会ったら、女は強くなりますから」

お母さんは穏やかな笑みを夫に向ける。

「君も、俺と結婚して幸せか？」

「もちろん。あなたとのかわいい娘ふたりに恵まれて、最高の人生ですよ」

愛妻からの返答に、ポーカーフェイスを貫いていたお父さんもついに表情を緩めた。

「――瀬名くん」

お父さんは、はじめて俺を名字で呼んだ。

「はい」

「信じていいのか？」

「一生かけて証明してみせます！」

その沈黙は人生で一番長く感じた。

「もう親の出番はおしまいだ。あとは、君に任せた」

俺とヨルカはしばし、その意味を咀嚼するのに時間がかかっていた。

見かねたようにお母さんが笑う。

「ほら、ふたりが困っていますよ。はっきり言ってあげてください」

お父さんは促されて、渋々と複雑な親心を打ち明ける。

「……こちらも心の準備が必要だったんだ。ろくでもない彼氏なら追い返してやろうと思っていた。だけど昨夜男同士で話して、ヨルカが選んだ相手はいい男だとわかった。娘を深く想い、誠実で信頼に足る青年だ。我が子の人を見る目に間違いがなかったのは、親として安心した」

「パパは、お仕事で色んな人をたくさん見てきたのよ。この人が太鼓判を押すんだから、希墨くんは将来有望よ」

結論はついに出た。

「じゃあ、いいの？　わたしは日本に残っても。希墨の側にいて、いいのね？」

ヨルカは震える声で、もう一度確認する。

「あぁ、ヨルカはこれからも日本で暮らせばいい」

「ありがとう、パパ！」

お母さんもまた秘していた本音を明らかにする。

「ヨルカちゃん、悩ませてごめんなさいね。……ほんとうにさびしいのはママ達の方なのよ。娘ふたりと離れるのは心からさびしいからこそ、もう一度一緒にいられる時間をつくれるチャンスだと思った。そのせいで、パパが悪役みたいになっちゃったの」

「もういいよ。パパもママもお互いに大好きなのは、子どもの頃から知ってるから」

ヨルカは泣きそうになりながら笑った。

「さすが私の自慢の娘。ヨルカちゃんも、私達と同じくらい好きな人に出会えたのね」

「うん。もう心配しないで。わたし、幸せだよ」

俺は思い出して、ようやくコーヒーに手をつける。すっかり飲み頃になっていた。

「いいか、親の目がないからって遊び惚けたら許さないぞ。とにかく物事の順序は守れ。それだけは最低限の約束だ。ふたりともきちんと大学を卒業して、働いて——あとは自分達の責任で好きにすればいい。その頃には、もう立派な大人だろう」

お父さんはぶっきらぼうに釘を刺す。

最後に付け加えられた言葉の意味を理解した途端、俺はコーヒーをこぼしそうになる。

「それって、ヨルカとの結婚を許してくれるんですか⁉」

今度は俺が大慌てで確認する番だった。

「バーで自分から申し出ただろう。あれは嘘か？」

「本気です！　お嬢さんを幸せにしてみせます！」

俺が勢い余って叫んでしまう。

ヨルカもお母さんも、似たような表情で嬉しそうに驚く。

「娘を傷つけたら承知しないぞ。どんな大口の交渉を放り出しても、日本に戻ってくる」

お父さんは低い声でボソリと呟く。

娘のためなら仕事を投げうってでも帰国すると逆に宣言するあたり、お父さんは仕事人間というわけではない。

血の通った親だからこそ、その許しの重さが本物だとわかる。

「もちろんです。俺はヨルカに一途ですから」

「たとえ君が拒んだところで、逆にどこまでも追いかけてくるぞ」

「構いません。ヨルカになら俺の人生をあげていいです」

「君はずいぶんと自信家だな」

ふつうで、平凡を自認していた俺にとって、自信なんてものは人生でもっとも無縁な言葉だった。

だけど、今なら素直に認めることができる。

「好きな女性を一生かけて愛していく。俺の望みはそれだけなので」

「……娘はいい縁に恵まれた」

「俺にとってもです」

「君がまだ高校生だという事実は変わりない。この子に見限られないように、これからも努力を続けてくれ」

「わたしが希墨に飽きるわけないでしょう！」

ヨルカはついに我慢できずに怒ると、その子どもっぽい反応に両親は笑っていた。

お父さんの最後の言葉は、娘の親というよりも男同士のアドバイスだった。

惚れた女のためにも男としてキチンとしてみせろ——そんな叱咤激励に背筋が正される。

「はい、必ず」

その託されたものの重さを実感しながら、俺は気を引き締める。

大人になんてすぐにはなれない。

だけど、季節が巡るように俺達もいつの間にか大人になっていく。

その未来で後悔しないために、俺は今という時間を大切に生きていこう。

となりには最愛の人がいてくれる。

この両想いだけは変わらない。

◇◇◇

旅館の前には有坂家のクルマが待っていた。

俺達四人が一緒に現れると、運転席からアリアさんが飛び出してくる。

「――ヨルちゃん、よかったね！　おめでとう！」

ヨルカの表情から日本に残れることを察したアリアさんは、泣きながら妹に抱きついた。

「お姉ちゃん、苦しいってば」

「いいから抱きしめさせてよ、妹！　あー安心した」

もう両手いっぱいに妹の存在を確かめるように、アリアさんは離さない。

ヨルカも姉の背中に手を回していく。

言葉はいらない。

その喜びようを見ながら、もしもヨルカがアメリカに行っていたら、この姉妹も別れることになっていた。

『あんまり早く妹を連れていかないでよ。私もまだ姉妹の時間を大切にしたいんだからさ』

大晦日にアリアさんから言われた言葉は、嘘偽りのない本心だった。

アリアさんもまた両親と早くに離れてしまった娘のひとりなのだ。

姉だからと我慢していたことや、心細い瞬間もあったのだろう。

愛すべき妹がいたから、彼女も今日までやってこれた。

有坂姉妹の深い絆は特別なものである。

「スミくん、よくやった！　ありがとう」

俺も、ようやくアリアさんに恩返しができた。

きっとこの人と先に出会ったのは、この瞬間のためだったのだと思う。

いつか、姉妹は別々の場所で暮らす日も来る。

それでも今しばらくはこの距離を守ることができた。


俺は修善寺駅でクルマを降ろしてもらう。

「ほんとに、電車で帰るのか？　家まで送るから遠慮することないぞ」

お父さんは運転席から最後にもう一度申し出てくれた。

「お正月からお騒がせしてしまったので。行きと同じく、ひとりでのんびり電車で帰ります」

「希墨くん。私達も三月までは日本にいるから、また一緒にご飯を食べましょう」

お母さんのやさしさがありがたかった。

「はい、ぜひ喜んで」

次は昨日よりもずっとリラックスして食事ができると思う。

「スミくん、はい。東京までのチケットと駅弁。帰りに食べてね！」

先にクルマを下りていた有坂姉妹が戻ってくる。

アリアさんは駅の売店で買ってきた袋を俺に手渡す。

「チケットまで買ってくれたんですか⁉」

「私にも少しはお礼させてよ。お土産は、スミくんのご家族に渡して」

「ありがたくいただきます。映とか、こういうの好きなので喜びます。けど、弁当は多すぎません？　ふたり分くらいありますけど」

ひとりで食べるには多すぎる量が入っていた。

弁当以外にもお土産やお菓子、飲み物までぎっしり詰まっていた。

「パパ、ママ。わたしも希墨と電車で帰るから！」

ヨルカは最低限の荷物だけクルマから取って、両親にそう告げる。

「え⁉　ヨルカ、なに言っているんだよ」

「もうチケットもお姉ちゃんがふたり分で買っちゃったもの。ほら、あと五分で電車が出るから急がないと乗り遅れるよ」

この土壇場で有坂姉妹は絶妙な連携を発揮した。

「は、あと五分⁉」

ヨルカは確信犯であるように時間ギリギリのチケットを二枚、俺に見せる。

マジで時間がない。

こんな満面の笑みで言い渡されたら、ご両親も苦笑するしかなかった。

「希墨、行こう！　電車は待ってくれないんだから！」

ヨルカは俺の手を取る。

「わかったよ！　ほんとうに、色々とありがとうございました。失礼します」

俺はもう一度有坂家に向き直り、頭を下げた。

「ヨルカ、また家で。瀬名くんも元気で」

「ヨルカちゃん、気をつけて帰ってきなさい。希墨くん、次も楽しみにしているから」

「スミくん。ヨルちゃんをよろしくね！」

有坂家の皆さんに送り出されて、俺とヨルカは駅舎へ走った。

駅のホームに慌ただしく駆けこみ、電車の車両へ滑りこむ。

チケットに記載された指定席に座ると、すぐに電車は動き出す。

座席の背もたれに身を預けながら、俺は間に合った安堵感と諸々の解放感にようやく浸ることができた。最後のダッシュで残った力を出し尽くして、もう抜け殻だ。

「最後の最後で驚かせるなよ。マジで焦った」

「万事上手くいったからいいの！　ハッピーエンド！」

「俺的には、むしろ今日がスタートって気分だよ」

「それでも、わたしには夢みたいなの！」

ヨルカは俺の肩に頭を乗せてくる。

「……、日本に残れるぞ」

「うん」

「一緒に卒業もできる」

「高三になっても希墨と同じクラスがいいな」

「神崎先生にお願いすれば、二年連続いけるんじゃないか」

「──結婚まで許されたもんね」

あらためて言葉にされても実感はわかない。

妙にフワフワした気分が続いていた。

まだ何年も先の話だ。

あまりにも超特急な展開に現実味が薄い。

こんな前倒しの段取りを踏んで、俺達の人生は予定がどんどん埋まっていく。

ヨルカの言う通り、まさに夢みたいだ。

「希墨？」

「……自由って難しいよな。自分で好きにできるけど、責任を負わないといけないんだから」

親の庇護下を出て、自力で生きていく意味を俺はようやく知った気がする。

同時に守られてきたありがたみも痛感した。

「希墨は、この先が心配？」

「もうやるしかないって感じ。誰だって最初は気持ちしかないんだ。結果は後から追いついてくるものだって自分を信じて動くだけさ」

否定材料なんて考えればいくらでも見つかってしまう。

そんなものを気にしていたら一生身動きが取れなくなる。

「希墨。これからは、ふたりだよ。ひとりだけにがんばらせたりしないから」

「頼もしいね」

「だって、わたしは希墨のお嫁さんだもの」

もう決して離れないとばかりにヨルカは俺の手を握る。

「──ふたりだから乗り越えられることって確かにあるんだよな」

行きはひとりだったのに、帰りはふたりで並んでいる。

ただ、それだけのことがバカみたいに嬉しい。

「希墨、わたしを好きになってくれてありがとう」

ヨルカはこれまで数え切れない感謝を言葉にしてくれた。

その中でも今のありがとうは格別のものだ。

となりで好きな人の笑顔を見れる幸せを、俺はようやく嚙みしめる。

「それは俺の台詞。感謝するのは──」

俺も礼を述べようとして、ヨルカが細い指で俺の口元を押さえてくる。

「ううん、言わせて。希墨が告白してくれたから、わたしはわたしを諦めずに済んだの。未来に希望があるだけでこんなに胸が躍って、前向きになれたことに驚いている」

「俺達には今はそれだけで十分なんだよな。たとえ根拠がなくても、明日に期待してみるだけで少しだけ生きやすくなる」

「生きている限り、悩みは尽きないものね」

ヨルカの声には物凄く実感がこもっていた。

「そう考えると、ヨルカのご両親は大物だよ。こんな何者でもないガキの意見を真面目に聞いてくれて、娘とのアメリカ生活よりもヨルカの希望を尊重してくれた。ほんと、ヨルカは愛されているな」

「わたしも、ますます家族が好きになれた」

「しかも俺のプロポーズを笑い飛ばさず、結婚のことさえ誤魔化さずに返事をくれるなんて」

正直アメリカ行きを阻止することで頭がいっぱいだったから、他のことに気を回す余裕なんてなかった。

そもそも高校生の分際で、結婚の許しを貰えるなんて俺も思っていない。

あくまでも瀬名希墨の決意であり、現実的な手続きはしかるべき時期が来てからの話だ。

「わたしもちゃんと聞いたよ。パパは『自分達の責任で好きにすればいい』ってハッキリ言ったもの。ママが証人。よかったわね！」

ヨルカの笑顔は見たこともないほど晴れやかだ。

ここ二カ月ほど晒され続けていたアメリカ行きのストレスから解放されて、めでたく日本に残れる上に結婚の許可の言質まで取った。

もしもご両親が覆そうものなら、今度こそ娘から絶交を言い渡されても文句は言えない。

「お父さんの器の大きさが違う。本気ですげえわ」

果たして俺が同じ立場だったら、あんな風に言えるだろうか？

その覚悟と決断力を、同じ男として尊敬してしまう。

「希墨だってすごいよ。希墨はわたしが困って言い出せない時に、必ず助けてくれるヒーローみたいだもの」

「ヒーローは大げさだって」

「間違っていないよ。わたしは大事なことほど我慢するのがどこかで当たり前だと思っていた。人生は甘くないから、自分の思い通りにはいかない。自分の苦手なことに一生苦しむんだろうなって最初から諦めていた。だけど希墨と出会って、好きになってもらえてわたしも勇気が出た。言いたいことが言えて、やりたいことができるようになったの。この自由はあなたがくれたのよ」

「こんな風に、これからもふたりで自由の楽しさと苦労を満喫していこう。それがきっと自分の人生を生きるってことなんだと思う」

「うん。希墨と一緒なら恐がらずに生きていける」

両想いの恋人は穏やかな表情で微笑んだ。

となりに彼女のいない人生なんて考えられない。

想いは言葉にするからこそ意味がある。

俺は胸を張って言おう。

この愛は人生を賭けるに値する。

特別な愛があるから人生の困難と立ち向かう勇気が湧いてくるのだ。

その結果、こうしてふたり並んで愛すべき日常へ戻ることができた。

俺達は同じ未来を見ながら生きていく。

事後報告ながら瀬名会にヨルカが正式に日本へ残ることを伝えると、お祝いもかねて全員で新年会をしようという運びになった。

日程調整の末、冬休みの最終日に集まることになった。

どうせ明日から学校で顔を合わせるのだから翌日でよくないかと俺が愚かにも提案すると、そしたら映ちゃんが参加できない、という先日のカラオケ&雪遊びをした面々から返答された。

我が妹は、どれだけ俺の友人達の心を摑んでいるのか。

もはや俺の妹ポジションではなく、映自身の人気がすごい。

前回欠席だった俺とヨルカに、いつもの面々と映、そして正式加入した叶と花菱という総勢九名のフルメンバー。

街に繰り出し、スポーツ遊戯施設で身体を動かして盛り上がり、ゲームセンターで遊んでなぜかUFOキャッチャーで男子の誰が一番多くぬいぐるみをゲットできるかと競争になる。

特に解放感に浸るヨルカは終始テンションが高く、ほんとうに楽しい時間だった。

短くも濃密な冬休みを終え、三学期。

神崎先生はアリアさんからすでに聞いていたそうで、「良かったですね」と微笑んだ。

たった三カ月の最終学期。

一月の休みには、大晦日に予想した通り瀬名家でスキー旅行を敢行。うちの両親は相変わらず映に甘い。旅行先で夜にヨルカと電話すると、『希墨と離れているとさびしい』と泣かれそうになった。もう日本に残れるとわかっていても不安らしい。あんまりにも俺が長電話をしていたものだから、両親から根掘り葉掘り質問責めにあった。息子の恋愛事情がかなり気になるらしい。

二月になってバレンタインで賑わい、学年末テストを乗り越えると、待望の修学旅行だ。

行き先は沖縄。

歴史や文化を学ぶのはもちろんだが、なんといっても目玉は海である。

南国の陽気な気候と解放的な空気、美しい海でウォーターレジャーを楽しむ。夏を待たずにまた水着姿を拝めるとはなんたる僥倖。

また高校時代の楽しい思い出が増えた。

三月のホワイトデーを終える頃には寒さも和らぎ、いよいよ高校二年が終わる。

また桜の季節がやってきた。

校舎の裏の桜の花が咲きはじめると、去年の俺と同じように意中の人へ告白したという話がどこからともなく聞こえてきた。

俺が告白して一年が巡った。

そして、今日。ヨルカのご両親が再びアメリカへ戻る。

俺はヨルカと見送りのために空港へ来ていた。

アリアさんは大学のゼミの集まりがあるため、今日は残念ながら欠席である。

出発前に、約束通り俺はご家族とまた一緒に食事もした。

あの正月以降、親子喧嘩が無事に収束した有坂家は家族水入らずの平和な時間を過ごしていたのがよくわかる席だった。

たとえ家族が離れていても、もう大丈夫だ。

「ヨルカちゃん、身体に気をつけてね」

「パパもママもね。久しぶりに長く一緒にいられて楽しかったよ」

出国ゲート前、家族は最後の別れを交わして一緒に抱き合う。

その心温まる光景を、俺は一歩下がったところで眺める。

「別に今から一緒に来ても構わないんだぞ」

「わたしには希墨がいるから大丈夫よ。だからパパ、もう心配しないで」

わかりきった返事に苦笑しつつお父さんは、俺の方を見る。

「君までわざわざ来てくれてありがとう」

「いえ。今日はお渡ししたいお土産があったので」

俺は一通の封筒を手渡す。

「手紙でも書いてくれたのかい？」

「もっと雄弁なものです。開けてみてください」

俺とヨルカはお互いに顔を見合わせる。

中身を確認し、お父さんは顔をしかめ、お母さんは表情を綻ばせた。

「──ふつう、ここまでやるか？」

お父さんは、完全に不意を突かれた様子で呆れながらも笑うしかないという様子だ。

中に入っていたのは記入済みの婚姻届。

事前に俺とヨルカで必要事項を書いておいたものだ。

「決意を形に残しておこうと思いまして」

「君の気持ちなら正月に十分聞いたぞ」

呆れるお父さんは婚姻届を眺めながら、そういうところが青いんだ、と言わんばかりに肩を竦めた。

「時期が来たら、正式に取りに伺います。その時までにサインと印鑑を押していただけると嬉しいです」

婚姻届が正式に受理されるには結婚する当人達が記入するのはもちろん、証人二名分の署名欄があるので、そこをお父さん達にお願いする。

口約束だけではなく、俺とヨルカの結婚を目に見える形で認めてもらいたかった。

「君は、ほんとうにブレない男だな」

「お義父さんとお話したおかげで鍛えられました」

「ご丁寧に自分達のところはぜんぶ記入して。どうせ無駄になるというのに」

「パパ！」

乾いた笑いを浮かべる父親に、またあしらわれるのかと慌てるヨルカ。

対して俺は揺るがない。

大丈夫。俺達の本気はきちんと伝わっている。

「――どうせ彼が一人暮らしでもはじめたら、すぐに半同棲になるに決まってる。住所だって変わるだろうに、紙がもったいないぞ」

「え」

ヨルカだけが拍子抜けした顔になる。

その言葉の意味するところを理解した途端、顔を赤くして手をわたわたと動かす。

お父さんは丁寧に婚姻届を封筒に戻し、ジャケットの懐にしまった。

「希墨くん。至らぬ娘ですが、どうかヨルカちゃんをお願いね」

お母さんは祝福してくれた。

「婚姻届を返してほしかったら酒の一杯くらい付き合えるようになっておけ。飲める歳になるまではとりあえず預かっておく」

お父さんは最後に笑いながら言い放った。

そうしてヨルカのご両親はアメリカに旅立たれた。

俺達は展望デッキに出て、遠くの空へ去っていく機影を見送る。

雲一つない青空、春の日射しが眩しい。

「行ってしまったな」

「パパとママに婚姻届を渡したのは、さすがにやりすぎちゃったかなぁ」

「俺が提案した時はノリノリだったくせに」

「だ、だって。次はもう提出なわけじゃない。ああいうの書くと、結婚が急にリアリティーを持ちはじめちゃって」

「あと数年はかかるから安心しろよ。それに、俺的には大変なのはこれからだ」

「どうして？」

「あそこまで啖呵を切って、ハードルを上げまくったんだ。きっちり有言実行しないと」

これから達成しなければならないことが多い。まずは大学受験だ。

「希墨ならできるよ」

「ヨルカに愛想尽かされないようにがんばるさ」

「わたしが希墨抜きじゃ生きていけないってわかっているくせに」

ヨルカは嬉しそうに俺の腕に抱きついてきた。

「さて、この後どうする？　このままデートにでも行くか？」

「……疲れたからどこかで休みたいかな」

「じゃあ空港内でお茶でもするか」

空港内は混雑しているから、上手く席が空いたタイミングでお店に入ればいいのだが。

「わたし、もっといい場所知っているよ？」

「どこ？　オススメがあるなら、そこにしよう」

ヨルカが薄い唇をきゅっと閉じて、そっと指を絡ませてくる。

「ウチに来ない。今晩は、わたし達だけだから」

「え、それって……」

もちろん、それがあの夜の続きであるのはすぐに理解できた。

「がんばった人には、ごほうびでしょう」

「いい、のか？」

「――、ずっとお預けだったし」

俺達はお互いの顔をまともに見れない。

「こ、こんな昼間から、そういう話をするとすげえドキドキするな」

俺の中では紳士と獣が大喧嘩している。

いっそ合体して、この難局を上手いこと突破してくれ。

「嫌なの？」

「この会話が？」

真っ昼間、周りには家族連れやカップルがいるが、飛行機が離着陸する轟音で俺達の会話はかき消される。

「そうじゃなくて、これからする——かい、かもしれないこと」

ヨルカはまた一歩踏みこんでくる。

俺達は直接的な表現を避けつつも、徐々に核心へと近づいていく予感を覚えていた。

「かも、はいらないと思う、かな」

「かな、もいらないと思う」

じれったくて甘くて苦しい。

婚姻届まで書いておいて、男女の契りには及び腰。

早すぎるのか、遅すぎるのか。もはや自分達でもわからない。

夜であるとか、人気がないとか、そういうシチュエーションや雰囲気があるって超大事なのがよくわかる。

男女の会話に耽溺するには、太陽が眩しすぎた。

周りの気配が気にかかって仕方ない。

ヨルカの様子を盗み見れば、首元まで真っ赤になっている。

こんな勇気を出してくれているのに、俺がビビってどうする。

「俺とヨルカが考えていることは同じはずだよな」

「わたしは多分一緒だと思っているよ」

ふと肩同士が触れ合うと、ヨルカの背中がビクリと跳ねる。

意識しすぎだよ。明らかに緊張しまくっていた。

くそ、かわいいなもう！

俺の方も身体が熱いし、緊張で固くなってしまう。春なのに真夏のような気分だ。

どうしようもなく破裂してしまいそうだった。

「……恋人になって色んな経験をしてきたけど、まだ済ませてないことがあるんだ」

俺は最後の一線を越えるべく、踏み出す。

「たとえば？」

「キスより先」

「どんなこと？」

「なにもかも、今より深く愛し合うこと」

「……わたし、なにも知らないからね」

「一緒に覚えていけばいいさ」

「少し、恐い」

「やさしくする」

「信じていい？」

「好きだから、俺はヨルカのぜんぶが知りたい」

「うん。希墨のぜんぶを教えて」

俺はヨルカの手をしっかりと握った。お互い、いつもより汗ばんでいる。握手くらい何度もしているのに、これからすることの前では特別なものに感じた。

「ふたりで大人になろう」

「うん」

俺達は両想いだ。

付き合って重ねてきた愛情表現に、今日新しいものを学んでいく。

それは言葉以外のコミュニケーションで、お互いの愛を結ぶ方法だ。

照れながらも愛おしくて、激しくも穏やかに俺達はもっと深く繋がり合う。

また一歩、大人へ近づきながら再確認するのである。

君以外との人生なんて考えられない。

俺達は、永遠に両想いだ。

エピローグ

映：きすみくん、今年の文化祭は絶対に遊びに来て！　絶対だよ！

その圧の強い連絡をきっかけに、俺は永聖高等学校の文化祭へ足を運ぶことに決めた。

我が妹である瀬名映は小学生の頃からの宣言通り、晴れて俺の母校の後輩となり、おまけに一年生の時から生徒会長まで務めている。

せっかくだからと瀬名会のみんなにも声をかける。社会人となった今、全員集合は難しいが今日が休みのメンバー数名が集まることになった。

永聖高等学校を訪れたのはいつぶりだろうか。

見慣れた校舎も、自分が通っていた頃に比べればなんだか小さく感じる。

それでも文化祭の賑やかな雰囲気は変わらない。

現役の頃は文化祭実行委員会として裏方でバタバタしていたから、純粋な客として満喫した記憶は薄い。特に高二の時は、ぶっ倒れたから余計にそう思う。

そんな俺も二十四歳になった。

「俺が卒業して、もう六年か。懐かしい」

今は就職して、ある企業の経営企画室の一員として働いている。

仕事内容を簡単に言うと、社内の便利屋かつ調整役。その業務の幅は多岐に渡るが、メインは色んな部署の人や経営陣と関わりながら会社全体の舵取りをサポートする。とりあえず潰しの利く営業職志望で採用面接を受けたところ、最終の役員面接で今の上司にやたら気に入られて現在の部署へ一本釣りされた。

『君みたいなタイプはパイプ役に向いているから、早く会社中の人に顔を覚えてもらって社内を活性化させてくれたまえ』

要するに社会人になっても、相変わらず橋渡し役だ。

自分の働きが結構色んな人からありがたがられているので、毎日忙しいがやりがいは感じている。

さて集合場所である昇降口の前に行く前に、俺はひとりで校舎裏へと向かう。

ここだけは時が止まったようにあの頃と変わらない。

俺が有坂ヨルカに告白した桜の木は今も残っていた。

秋だから美しい花が咲いてはいない。

春の盛大に開花している印象があまりにも鮮烈だから、他の季節だと思わず枯れ木と勘違いしてしまいそうになる。

かといって年から年中満開だとありがたみも失せてしまう。

長い一年の、ほんの一時だからこそ特別に思えるのだ。

目を閉じれば、いつでも満開の桜を浮かべることができる。

最後にここで桜を見たのは卒業式の日だ。

式を終えて、ヨルカとふたりで並んで見上げながら高校時代を振り返り、将来のことを語り合った。

忘れようとしても忘れられるわけがない。

すべてはこの桜の木の下ではじまった。

この場所で俺が告白をしなければ、また違った人生を歩んでいたと思う。

しばし感傷に浸っていると、ふいに背後から声をかけられる。

振り返ると、そこにはよく知っている顔があった。

「朝姫さん」

支倉朝姫がそこに立っていた。

「さびしそうな背中をしちゃって。私が慰めてあげようか？」

「それってお医者様の治療ってこと？」

「ご希望とあらば、お好みで」

「さすがに本物のお医者様に友達価格は申し訳ないので遠慮しておく」

「あら、残念」

念願叶ってお医者さんになった朝姫さんは多忙な日々を送っていた。理想と現実の間で自らの技術と経験を磨きながら、命と向き合っている。

彼女の髪は学生時代よりも伸びており、より知的な顔つきになっていた。

「朝姫さん、少し痩せた？　ちゃんと食事できている？」

「心配ありがとう。今日は当直明けで、一応ひと眠りしてから来たからいつもより元気よ」

強がることなく自然に言う彼女の顔には充実感があった。

俺は朝姫さんと一緒に、集合場所である昇降口のところに移動すると、見知った面々が既に集まっていた。

「きー先輩と、え、アサ先輩ッ⁉」

最初に声をかけてきた紗夕はやけに驚いた声を出す。

「なによ、私達が一緒だとそんなに変？」

紗夕の声に、寝不足気味な朝姫さんは不機嫌な表情をつくる。

その迫力に気圧されて、紗夕はそれ以上余計なことを口にはしなかった。

「紗夕。帽子にマスクにサングラスって、風邪でも引いたのか？」

幸波紗夕は一見して彼女とわからないような格好をしていた。ほとんど変装に近い。

「ぶぅ！　私の名前を出さないでくださいよッ。他の人に気づかれたら、皆さんにまで迷惑をかけちゃうんで」

「すっかり有名人だな。よ、出世頭」

幸波紗夕は現在キー局のアナウンサーとして働いており、毎日のようにテレビで見かける。

彼女は、お忍びの芸能人みたいに正体を隠すのがすっかり板についていた。

「若い子への人気なら、こちらのグラフィック・デザイナー様の方がもっとすごいですよ。ね、ひなか先輩」

みやちーはトレードマークの金髪を伸ばしていた。その服装もデザイナーらしくオシャレに磨きがかかっていた。

大学卒業後に大手デザイン事務所に就職、そこで手掛けた作品が有名な広告賞を受賞。もともと学生時代からＳＮＳ上での個人活動も盛んで、大勢のフォロワーがついており、今や名実ともに飛ぶ鳥を落とす勢いで大活躍していた。

「みやちーの作ったポスター見たよ」

「スミスミ、ありがとう。けど目立つって意味なら、やっぱりななむーが断トツじゃない」

残念ながら七村竜はここにはいなかった。

というか日本にすらいない。

やつは宣言通り、ほんとうにＮＢＡ選手になった。

高校三年、最後の夏に惜しくも全国大会を逃すも、関東大会での活躍がスカウトの目に留まりスポーツ推薦で大学に進学。そこで良き指導者に恵まれて、あれよあれよと急成長を遂げてアメリカへと旅立った。

外国人にも当たり負けしないフィジカルとゴールへの執念で、チームで頭角を現しつつある。またあいつの陽気な性格のおかげで、チームメイトと地元の人々から愛される人気者になっていた。

俺も七村のチームの試合は常にチェックしている。

「私、高校の先輩後輩ってことでこの前七村先輩のインタビューを担当したんですけど、あの人マジで変わってなくて超話しづらかったです」

「そのニュース番組見てたよ。紗夕、七村にかなりいじられておもしろい感じに編集されていたな」

「笑い事じゃありませんよ！　せっかく知的なお姉さんキャラとして売り出していたのに、最近バラエティー番組の仕事がどんどん増えちゃって」

「それだけ場を回す受け答えが上手いってことだろう？」

俺は、紗夕の愚痴を宥めてやると彼女は満更でもない顔になる。

「メイメイも今海外でレコーディング中だから、来れなくて悔しがっていたよ」

みやちーと叶は今でも仲良しだ。

叶ミメイは永聖では珍しく大学へは進まず、卒業後はそのままプロのミュージシャンとしての活動を本格化させた。アーティスト・叶ミメイは次々とヒット曲を世に送り出し、彼女への楽曲制作の依頼は途切れることがない。

そんな叶の楽曲のアートワークを、みやちーが今も担当していた。

新しいアルバムが出る度に送ってくれて、そこには〝リンクスのリーダーより〟という一文が必ず添えられていた。

俺達の腐れ縁は今も変わらない。

「ひなかちゃん、花菱くんは今日仕事？」

朝姫さんはわざとらしい含み笑いを浮かべて、みやちーに質問する。

「……朝姫ちゃん。なんでまたあたしに訊くかなぁ」

実家が病院をやっている花菱もまた医者になった。医者という肩書きを手に入れてますます女性へのモテっぷりに拍車がかかるのかと思いきや、そうでもないらしい。

かつて『瀬名ちゃん、僕は本気である人に恋をしているのかもしれない』と相談を受けて、今度は俺が背中を押して以来、流されるままの女遊びは収まったようだ。

「でも、たまに花菱とは飲んでいるんだろう？」

「お互い不規則だから、たまの息抜きでタイミングが合うのが花菱くんなだけ！」

俺の質問にみやちーは困りつつも、以前ほどの拒否反応は薄れていた。

「あら、有坂さんはまだいらっしゃらないのですか？」

そこには我らが担任、神崎紫鶴先生が立っていた。

映の計らいにより、ここで先生と合流して体育館に向かうことになっていたのだ。

俺達の顔を見渡し、みんなが変わりないことに満足そうな楚々とした微笑を浮かべた。

「先生。有坂さんっていうのは……」

みやちーが俺に気を遣って、それとなく注意する。

「──、そうでした。いけませんね、私ばかり昔のままでは」

「むしろ先生が昔と一切変わっていないことに驚きなんですけど」

「瀬名さん、お世辞は結構です」

先生はいつも通り表情は少なく、静かな態度で応じる。

「いえ、大マジな感想です」

俺が高校生だった時に教わっていた神崎先生が、ビックリするほど昔のままである。

この場の誰もが等しく年齢を重ねているのに、ひとりだけ時間が止まっているみたいに美貌は翳らない。むしろ自分達の大人になった分、余計に神崎先生の変わらなさに驚きを隠し切れない。

あれ、タイムスリップでもしたのか？

俺の言葉に、女性陣が口火を切ったように悲鳴じみた感想を上げる。

「記憶の中の先生とまったく変わらないですけど」と朝姫さん。

「なんで老けないんですか」とみやちー。

「どんな化粧品とか使っているんですか！　ぜんぶ教えてください！」と紗夕。

ＪＫを経て、彼女達も働く大人の女性になった。

その美容に対する食いつき方がすごい。

「体育館へ先に移動しましょうか。あまり時間もありませんし、美容の話はまた後で」

反応に困った神崎先生は、とりあえず俺達を先導する。


体育館に着くと、俺達の在学中とはステージが大きく様変わりしていた。

「へぇ、今のステージは花道があるんですか」

「これも生徒会長である映さんの成果のひとつですね」

増設されたメインステージは上から見るとＴの字の形になっている。中央部から客席に向かって花道が突き出した。

その先端に立つと単純に目立つだろうし、各団体の演出の幅も広がったに違いない。

「派手なことするなぁ」

「演劇部や軽音楽部、それにアイドル研究部などは上手く活用して盛況でしたね」

ああ、俺が手助けした頃はアイドル同好会だったのに、いつの間にか部に昇格したようだ。

「なんで映はこんな目立つ場所を増やしたんですか？」

「それは、見てのお楽しみです」

神崎先生もまた意味深な言い方をする。

映にいくら訊ねても『当日のお楽しみ』と、詳しい内容については教えてくれなかった。

妙にソワソワと浮き足立つ会場内はほぼ満員。

花道を設けた分、座席数は俺達の頃より減っている。

座席は外部のお客さんを優先し、生徒達はほぼ立ち見にも拘わらず大勢が集まっていた。

ありがたいことに生徒会長の権限により、事前に俺達の席は確保されていた。

しかもちょうど俺がリンクスとして演奏していた時、先生やアリアさん、映がステージを観ていた場所だった。わざわざ同じ位置にしたのは映の小癪な気配りか。

みんなで順番に詰めていき、最後に俺が座ると一席分だけ空いていた。

壁に面した通路側なので、いつでも後から入ってこれる。

俺は首を後ろに巡らし、出入り口を見ながら彼女の姿を探す。

ヨルカのために用意された席に——彼女はいない。

「気になる、ヨルカのこと？」

となりの朝姫さんが見透かすように囁く。

「遅いのが心配だからさ。なにかトラブルでもあったのかな」

連絡を入れてみても彼女からの返事はない。

「もう大人なんだから大丈夫でしょう」

「そりゃそうだけど、この混み具合だとヨルカひとりだと大変だろうし……」

「入れ違いになった方がもっと面倒になるでしょう。それに映ちゃんは希墨くんに見てほしくて今日呼んだわけだし」

朝姫さんは相変わらず冷静だ。

まもなくイベントの開始時刻となり、入り口からひっきりなしに生徒が入ってくる。

一度体育館を出てしまえば戻ってくるのも大変そうだ。

「なによりヨルカが希墨くんを見失うわけないじゃない」

朝姫さんは、今や親友であるヨルカのことをよくわかっていた。

「いや、だけど……」

それでも落ち着かない。

俺の心配事はヨルカのことだけではなかった。

「――――、放っておいても私がこういうことすると」

朝姫さんが急に俺の膝の上に覆い被さるように、通路の方へ身を乗り出そうとした。

「え、朝姫さんッ⁉」

いきなり近づかれて、俺は思わず動揺してしまう。

脳裏によぎる非ラブコメ三原則。

久しくそんな心配もなかったから、完全に油断していた。

こんなところを彼女に見られたりでもしたら——


「ちょっと朝姫。わたしの夫に近づいたら許さないんだからね」


振り返ると、ヨルカがいた。

「ヨルカの姿が見えたから、手を振ろうとしただけじゃない。相変わらず嫉妬深いところは、子どもができても変わらないわね」

「ヨルヨル！」「ヨル先輩！」

ヨルカがようやく姿を見せて、みやちーと紗夕は喜んだ。

「瀬名さ——、この場に三人もいると不便ですね。ヨルカさん、お久しぶりです。美月ちゃんもお元気そうで」

左手の薬指に結婚指輪を輝かせて、ヨルカはベビーカーを押して俺の横にやっと来た。

瀬名ヨルカ。今は俺の妻だ。

「神崎先生、ご無沙汰しています。美月、この人がパパとママの先生だよ」

ヨルカはベビーカーから大切な娘・美月を抱き上げる。

その様は少女ではなく、もう立派な母親だ。

「ヨルカ、どこに行ってたの？」

「美月のおむつ交換で女子トイレ。その後、人が大勢並んでいたから体育館に入るの時間がかかっちゃって」

なるほど。おむつを交換して、ベビーカーを押していればスマホも簡単にはいじれないから連絡もつかないのも当然である。

「それより希墨、ちょっと美月をお願い」

「おー美月、ママと学校を回って楽しかったか？」

俺の顔を見ると、娘の美月はニコリと笑う。

ずっしりとした命の重さと温もりに、俺も自然と頰が緩む。

愛おしさが止まらない。

子どもという存在はかわいらしいものだと思っていたが、我が子は別格だ。

必死の受験勉強の末に俺はヨルカと同じ大学に合格した。

その後、ヨルカとの楽しいキャンパスライフを経て、就職と同時に同棲を開始した。

有坂家のご両親に預けていた婚姻届を引き取り、役所へ提出。

俺とヨルカはついに結婚する。

このあたりは、ヨルカのお父さんの完全なる読み通りだったのだが、それからすぐに美月を授かった。

両家の家族は初孫に泣くほど喜び、特に映の号泣ぶりには驚かされた。

あんなに泣いている妹を見たのは赤ん坊の頃以来だ。

臨月に差しかかる頃には、ヨルカのご両親もアメリカから緊急帰国。

孫パワーの偉大さを思い知った。

俺が指を差し出すと、その小さな手がしっかりと握ってくる。

「ヨルヨルに似て美人さんだね。おめめパッチリ」

「私も早く寿退社したーい」

「美月ちゃん、ずいぶんと大きくなりましたね」

みやちー、紗夕、神崎先生も身を乗り出して美月の顔を見てくる。

「元気いっぱいで、毎日振り回されっぱなしです」

俺とヨルカの娘の名前は美月。

ヨルカの名前のイメージである夜を引き継ぎつつ、俺の名前である希墨にも連なるように、「きすみ」→「みつき」としりとりのように繋がっている。

それに俺とヨルカがはじめて連絡先を交換した夜も、「月が綺麗ですね」と俺がメッセージを送った。そのことをヨルカはずっと覚えていてくれた。

美月が生まれた日も、ちょうど満月が美しい夜だった。

俺達は両想いの恋人から夫婦へ、そして両親になった。


ステージの花道にスポットライトが当てられ、映が現れる。

映はチラリとこちらを見て、俺達が来ていることを確認すると得意げな笑みを浮かべた。

映の登場に満員の会場から大きな歓声が上がる。

俺の妹はずいぶんと人気者らしい。

「ほら、映だよ。美月も応援してあげようね」

俺の膝に乗りながら、美月は不思議そうにステージを見つめていた。

「こんにちは、生徒会長の瀬名映です。皆さん、今日はお集まりくださりありがとうございます。いよいよ永聖高等学校の文化祭もフィナーレです」

実に慣れた様子で、映は客席との会話のキャッチボールを楽しんでいた。

「映ちゃん、大したものね。わたしも高校生の時にこれくらい話せたらな」

ヨルカがそっと耳打ちしてくる。

「それだと俺の出番が無くなって、美月にも会えなくなるぞ？」

「それは困るな。今より幸せな自分なんて想像つかないもの」

ステージ上で、映は今回の企画の説明に入った。

「この永聖高等学校では昔から、文化祭のステージで出し物を終えたタイミングで告白すると成就するジンクスが伝わっています。皆さんはご存じですよね？」

俺はヨルカと顔を見合わせる。

おいおい、今はそんなことになっているのか。

まさか自分達の行いが、そんな風に後輩達に引き継がれているとは思ってもみなかった。

「あれ、実は文化祭実行委員会的にはかなり迷惑なんですよね。告白で休憩時間に食いこむと、どんどんプログラムが遅れちゃうので」

冗談っぽい言い方に、客席から笑い声が零れる。

「だけど、これを他ならぬ私が否定することはできません。なぜなら、そのステージでの告白を最初にはじめたのは、なにを隠そう私のお兄ちゃんだからです！　しかも正しくは告白じゃなくてプロポーズ！」

映が打ち明けると、会場がどよめく。

俺だけは妹がようやく人前で「お兄ちゃん」と呼んだことにひとり謎の感動を覚える。

「よかったね、希墨」

俺の妻は、その密かな達成感にきちんと気づいてくれていた。

「ずいぶんと時間がかかったよ」

「映ちゃんが生徒会長なんて不思議な気持ち」

「しかも娘と一緒に眺めるなんてな」

かつて、俺とヨルカはステージの上にいた。

今は客席から家族三人でステージを見上げている。

その変化がこそばゆくも嬉しくて、なんだか笑ってしまいたくなる。

映の演説は続く。

「だから、ここにいる皆さんには特別に、お兄ちゃんとその恋人がどうなったのかをお伝えしようと思います」

聞きたーい！　という声がそこら中から上がる。

もはや映のオンステージ状態。完全に会場を掌握していた。

「お兄ちゃんはこのステージでプロポーズした恋人と結婚しました！」

おめでとう！　とノリのいい誰かが叫ぶと、そのまま盛大な拍手が沸き起こる。

「しかも、子どもまで生まれました！　名前は美月ちゃんといいます。私の姪っ子で、すごくかわいいです！　愛しているよ～美月ちゃーん！」

俺の妹は手本を見せるようにステージ上で、いきなり愛を叫んだ。

おい、生徒会長。

ロックスターさながら会場を震わせるようなステージ上での告白。

あぁ、俺のプロポーズも客席で見るとこんな感じだったのね。

我が娘はそれをわかっているのか、キャッキャと喜んでいた。

「っと、こんな感じで色んな告白をしたい子達を一堂に集めて、それ自体をイベントにしようと思って今年のフィナーレ企画〝花道で愛を叫べ〟を立ち上げました。これならスケジュール通りに進むし、面白いでしょう？」

完全に温まった会場が告白の背中を押すように、笑っちゃうほどテンションが高い。

こんなにお祭りモードなら、たとえ告白に失敗してもスッキリと終われるだろう。

「これまで何度も言ってきましたが念のため注意事項です。これはガチの告白です。この場もこの後も周りの人が笑ったり、いじったりするのだけは絶対禁止。勇気を出した人をみんなで応援してあげましょう。それから返事をする人も正直に答えてください。空気なんかは読まず、自分の気持ちに素直でいきましょう。成功すればお幸せに。失敗してもお互い恨みっこなし。白黒ハッキリさせて、スッキリ文化祭を終えましょう」

事前にずいぶんと周知してきたのだろう。

映のお願いに、会場ははーいと行儀よい反応を返す。

勇気ある挑戦は等しく讃えられるべきなのだ。誰もが自分の告白に後悔してほしくない。

「そのために、告白の返事は即答してね。待たされる方はとてもツラいんですから」

映は付け加えて、かわいくウインクを飛ばす。

「ヨルカ、言われてるぞ」

「最初だけじゃない！」

俺達夫婦にとっては笑い話だが、小学生だった映には告白の返事を待っていた俺の姿がよっぽど記憶に刻まれていたのだろう。

会場が静まり返るのを待って、映が最後の言葉を告げる。

「これは映の、大切な師匠からの伝言でもあります。好きなら絶対言った方がいい。イベントでも願掛けでも、勇気を出すきっかけになるならなんでもいいの。言わないで後悔するより、全力で愛を叫ぼう。もしかしたら両想いかもしれないじゃん！」

人生には言わずにしまってしまった大切な感情がいくつあるだろうか。

俺達は照れ屋で不器用だ。

自分の気持ちに正直になるのが苦手だし、それを言葉にして伝えるのはとても難しい。

傷つくのが恐くて、勇気が出せなくて、勝手に諦めてしまう。

それでも想いを伝えるのは決して無駄じゃない。

昨日よりも、一歩だけ自分を前に進められる。

人と人が繋がることで、新しい未来が開かれることがある。

ひとりがふたりになれば、現実も超えていけるかもしれない。

コミュニケーションはその第一歩だ。

「希墨の行動が、こんな風に未来まで繋がっていくなんて感動するね」

「あぁ。あの頃は想像もつかなかった」

「あなたが愛を叫んでくれたおかげで、わたし達は一緒にいられて、この子が生まれて、今度は知らない誰かの背中を押しているよ」

ヨルカの言葉に頷く。

それはなんて素敵なことだろう。

ステージの花道に、一人目の男子生徒が立つ。

あれはかつての自分だ。

君に告白して、俺の人生は変わった。

どうか彼らにも幸福な未来を。

少年は好きな少女の名前を呼び、シンプルにこう告げる。

「好きです。俺と付き合ってください」

愛は巡り、そしてまた両想いの恋人が生まれた。


『わたし以外とのラブコメは許さないんだからね』完

あとがき

はじめまして、またはお久しぶりです。羽場楽人です。

このたびは『わたし以外とのラブコメは許さないんだからね』六巻をお読みいただきありがとうございます。

ついに最終巻です。

文化祭での公開プロポーズを経て、恋人同士として楽しい日々を過ごす希墨とヨルカ。

だが、現実はふたりの愛を試す。

ヨルカの両親がアメリカへの引っ越しの提案をしてきたことで、最大の危機を迎える。両親の愛情に負けないくらい、希墨とヨルカの両想いもまた人生を賭けていた。

他の人では代わりにならない。お互いにとって、そんな特別な相手であることを証明できたふたりは末長く幸せに暮らしました。

完全無欠のハッピーエンド。文句なしの大団円。期待以上のエンディング。

わたラブ高校生編、これにてひとまずの幕引きです。

キャラクター達の人生の一区切りをこうして満足いく形でお届けできたのは、ひとえに読者の皆様の応援あってこそです。

心より御礼を申し上げます。

シリーズを長く続けられたからこそ作品は育ち、作者が執筆当初に予想していたものを遥かに超えた内容で世に送り出すことができました。

劇中で成長していくキャラクター達を書けることは、私にとって本当に楽しい時間でした。特に四巻以降はもはや自分の頭で考えて書いているというより、希墨やヨルカが話している言葉を原稿にしているような状態でした。

ふたりともビックリするほど真っ直ぐに恋愛をしていて、その思春期特有の眩しいくらいの一途さで相手を想い合う姿には感動すら覚えました。

また物語を彩った他のヒロイン達の失恋も書いていて切なかったです。

作者の親心としては、全員にそれぞれのハッピーエンドを用意してあげたかった。

今から書いていいよ、と言われれば余裕で全員分を書けます。

それくらい他のヒロイン達への思い入れも深いです。

ただ、本作はヨルカのようなヒロインを書きたいという情熱から企画がスタートしました。

男の理想を詰めこんだヒロインですが、特に大切にしたのは「どんな時でも絶対に離れない女性」というパートナーとしての在り方です。

作中で繰り返し語られた通り、現実では学生時代の恋人と添い遂げるのは非常に稀です。

ほとんどの恋は、やがて思い出になります。

わたラブを書く上で、担当編集と常に話していたのは「現実ではこうだよね」という反論にどう創作として乗り越えていくかでした。

安易なご都合主義や流行に乗っただけのテンプレ展開を書いていたら、こんなにシリーズが長く続くことはなかったでしょう。

個人的には五巻での希墨の主人公としての人間的な成長があったからこそ、六巻における誰が悪いわけでもないという難しい状況を切り拓くことができたのだと思います。

きっとヨルカひとりだけでは、両親を説得できなかったでしょう。

希墨と一緒だったからこそ現実に抗うことができました。

ふたりは学生時代の思い出にはならず、一緒にこれからも生きていきます。

そういう若き日の無垢な願いを叶えるような美しい作品になりました。

わたラブを書いて、本当に良かったです。

そして、あなたの思い出に残る物語になれれば作家としてこの上ない幸せです。


ここからは謝辞とお知らせを。

担当編集の阿南様。まずは無事にシリーズを最後まで書き切れたことにホッとしています。

これからも引き続きよろしくお願いします。

イラストのイコモチ様。新しいイラストが届くたびにいつも感動するような喜びを感じて、最高に楽しい時間でした。素晴らしいイラストの数々を本当にありがとうございました。

本作の出版にお力添えいただいた関係者様、家族友人知人、いつもありがとうございます。

最後にお知らせが二点。
①電子書籍でわたラブの短編集の刊行を予定しています。
終わりだけど実はまだ終わりじゃありませんよ。電撃ノベコミで連載していた一年生編や、らのすぽ！　の公式記念本に掲載された短編に、新規書き下ろしを加えたものが収録予定です。本編の内容を補完し、より深く味わえる珠玉のエピソードの数々はわたラブ読者にとって必読の一冊となりますので、どうぞお楽しみに。
②電撃文庫での新シリーズを準備中です。
次作は、担任と生徒が紡ぐ学園青春もの！　一風変わった関係性のエモい物語は２０２３年にお届けできると思います。ぜひ新シリーズもわたラブ同様に応援してください。

新情報は羽場のTwitter（@habarakuto）で逐一お知らせしますので、フォローしていただけると嬉しいです。

それでは羽場楽人でした。また次の作品でお会いしましょう。

BGM：宇多田ヒカル『あなた』

◉羽場楽人著作リスト

「わたしの魔術コンサルタント」（電撃文庫）
「わたしの魔術コンサルタント② 虹のはじまり」（同）
「スカルアトラス　楽園を継ぐ者〈1〉」（同）
「スカルアトラス　楽園を継ぐ者〈2〉」（同）
「わたし以外とのラブコメは許さないんだからね①〜⑥」（同）

本書に対するご意見、ご感想をお寄せください。

ファンレターあて先
〒102-8177　東京都千代田区富士見2-13-3
電撃文庫編集部
「羽場楽人先生」係
「イコモチ先生」係

本書は書き下ろしです。

電撃文庫

わたし以外とのラブコメは許さないんだからね⑥

羽場楽人

2022年10月10日　初版発行

◇◇◇

発行者　青柳昌行
発行　株式会社KADOKAWA
〒102-8177　東京都千代田区富士見2-13-3
0570-002-301（ナビダイヤル）
装丁者　荻窪裕司（META＋MANIERA）
印刷　株式会社暁印刷
製本　株式会社暁印刷

ISBN978-4-04-914285-3　C0193　Printed in Japan

電撃文庫　https://dengekibunko.jp/

電撃文庫創刊に際して

文庫は、我が国にとどまらず、世界の書籍の流れのなかで〝小さな巨人〟としての地位を築いてきた。古今東西の名著を、廉価で手に入りやすい形で提供してきたからこそ、人は文庫を自分の師として、また青春の想い出として、語りついできたのである。

その源を、文化的にはドイツのレクラム文庫に求めるにせよ、規模の上でイギリスのペンギンブックスに求めるにせよ、いま文庫は知識人の層の多様化に従って、ますますその意義を大きくしていると言ってよい。

文庫出版の意味するものは、激動の現代のみならず将来にわたって、大きくなることはあっても、小さくなることはないだろう。

「電撃文庫」は、そのように多様化した対象に応え、歴史に耐えうる作品を収録するのはもちろん、新しい世紀を迎えるにあたって、既成の枠をこえる新鮮で強烈なアイ・オープナーたりたい。

その特異さ故に、この存在は、かつて文庫がはじめて出版世界に登場したときと、同じ戸惑いを読書人に与えるかもしれない。

しかし、〈Changing Times,Changing Publishing〉時代は変わって、出版も変わる。時を重ねるなかで、精神の糧として、心の一隅を占めるものとして、次なる文化の担い手の若者たちに確かな評価を得られると信じて、ここに「電撃文庫」を出版する。

1993年6月10日
角川歴彦

電撃文庫DIGEST　10月の新刊

発売日2022年10月7日

ソードアート・オンライン27
ユナイタル・リングⅥ

著／川原 礫　イラスト／abec

アンダーワールドを脅かす《敵》が、ついにその姿を現した。アリスたち整合騎士と、エオラインたち整合機士――アンダーワールド新旧の護り手たちの、戦いの火ぶたが切って落とされる――！

幼なじみが絶対に負けないラブコメ10

著／二丸修一　イラスト／しぐれうい

新学期を迎え進級した黒羽たち。初々しい新入生の中には黒羽の妹、碧の姿もあった。そんな中、群青同盟への入部希望者が殺到し、入部試験を行うことに。指揮を執る次期部長の真理愛は一体どんな課題を出すのか――。

呪われて、純愛。

新作

著／二丸修一　イラスト／ハナモト

記憶喪失の廻の前に、二人の美少女が現れる。『恋人』と名乗る白雪と、白雪の親友なのに『本当の恋人』と告げて秘密のキスをしていく魔子。廻は二人のおかげで記憶を取り戻すにつれ、『純愛の呪い』に蝕まれていく。

魔王学院の不適合者12〈下〉
～史上最強の魔王の始祖、転生して子孫たちの学校へ通う～

著／秋　イラスト／しずまよしのり

《災淵世界》で討つべき敵・ドミニクは何者かに葬られていた。殺害容疑を被せられたアノスは、身近に潜む真犯人をあぶり出す――第十二章《災淵世界》編、完結!!

恋は夜空をわたって2

著／岬 鷺宮　イラスト／しゅがお

ようやく御簾納の気持ちに応える決心がついた俺。「ごめんなさい、お付き合いできません」が、まさかの玉砕!?　御簾納自身も振った理由がわからないらしく……。両想いな二人の恋の行方は――？

今日も生きててえらい!3
～甘々完璧美少女と過ごす3LDK同棲生活～

著／岸本和葉　イラスト／阿月 唯

相変わらず甘々な同棲生活を過ごしていた春幸。旅行に行きたいという冬季の提案に軽い気持ちで承諾するが、その行先はハワイで――!?　「ハルくん！　Alohaです!!」「あ、アロハ……」

明日の罪人と無人島の教室2

著／周藤 蓮　イラスト／かやはら

明らかになる鉄窓島の「矛盾」。それは未来測定が島から出た後の"罪"を仮定し計算されていること。つまり、島から脱出する前提で僕らは《明日の罪人》とされている。未来を賭けた脱出計画の行方は――。

わたし以外とのラブコメは許さないんだからね⑥

著／羽場楽人　イラスト／イコモチ

学園祭での公開プロポーズで堂々の公認カップルとなった希墨とヨルカ。幸せの絶頂にあった二人だが、突如として沸いた米国への引っ越し話。拒否しようとするヨルカだったが……。ハッピーエンドをつかみ取れるか！？

アオハルデビル

新作

著／池田明季哉　イラスト／ゆーFOU

スマホを忘れて学校に忍び込んだ在原有葉は、屋上で闇夜の中で燃え上がる美少女――伊藤衣緒花と出会う。有葉は衣緒花に脅され、〈炎〉の原因を探るべく共に過ごすうちに、彼女が抱える本当の〈願い〉を知ることに。

第27回電撃小説大賞
大賞
受賞作
孤独な天才捜査官。
初めての「壊れない」相棒は
ロボットだった――。
菊石まれほ
[イラスト] 野崎つばた
ユア・フォルマ
紳士系機械 × 機械系少女が贈る、
ＳＦクライムドラマが開幕！
相性最凶で最強の凸凹バディが挑むのは、
世界を襲う、謎の電子犯罪事件！！
最新情報は作品特設サイトをCHECK!!
https://dengekibunko.jp/special/yourforma/
電撃文庫

二月 公
イラスト／さばみぞれ
声優ラジオのウラオモテ
#01 夕陽とやすみは隠しきれない？
オモテは元気&清楚なアイドル声優／
ウラはギャル&根暗地味子な女子高生!?
プロ根性で世界をダマせ!
バレたらアウトの声優ラジオ
Now On Air!!
第26回
電撃小説大賞
大賞
受賞
電撃文庫